그래, 언젠가는

그래, 언젠가는

1판 1쇄 2022년 5월 12일

글 김해우

펴낸이 모계영 펴낸곳 가치창조 출판등록 제406-2012-000041호
주소 서울 종로구 사직로8길34, 1104호(경희궁의 아침 3단지 오피스텔)
전화 070-7733-3227 팩스 02-303-2375 이메일 shwimbook@hanmail.net
ISBN 978-89-6301-275-9 (43810)

가치창조 공식 블로그 http://blog.naver.com/gachi2012
단비청소년은 가치창조 출판그룹의 청소년책 전문 브랜드입니다.

그래, 언젠가는

김해우 글

단비청소년

차례

엄마의 남친

“결혼? 그런 걸 왜 해?”

‘결혼’이라는 말을 듣자마자 머리칼이 쭈뼛 서는 것 같았다. 나도 모르게 목소리가 커졌다. 손님이 없는 사이에 모처럼 세 모녀가 둘러앉아 이야기꽃을 피우고 있는데, 엄마는 이럴 때 꼭 산통을 깬다.

“누가 당장 한대? 이 사람이다 싶으면 할 수도 있다는 거지.”

“안 돼! 절대 하지 마. 난 결사반대야.”

“절대니 결사반대니 그런 극단적인 말은 쓰지 마. 사람은 언제 변할지 모르는 거야.”

언니가 오물오물 떡볶이를 먹으면서 핀잔을 줬다. 언니는 입

벌리고 먹으면 교양 없어 보인다면서 뭐든 입을 꼭 다물고 먹는다. 저렇게 먹으면 이빨 빠진 생쥐 같다는 걸 모르나 보다. 나는 언니를 흘겨보고 엄마한테 말했다.

"돈 벌기 힘들어서 그래? 엄마는 가게 일만 해. 집안일은 우리가 다할게."

"난 빼 줘. 일주일에 한 번 청소하는 것도 힘들어. 손도 거칠어진단 말이야."

"나한테 다 미루고 뺀질대는 주제에. 언닌 엄마가 결혼해도 괜찮아?"

"당연하지. 엄마도 여자야. 든든하게 지켜 줄 남자가 필요하다고."

"내 몸은 내가 지켜야지 왜 남자한테 지켜 달라고 해? 이 바보 천치야."

"바보 천치? 이게 언니한테 못 하는 말이 없어. 너 일로 와 봐!"

언니가 눈에 쌍심지를 켜고 벌떡 일어났다. 엄마가 성가신 듯 말했다.

"얘들이 왜 이래? 은정이는 앉고 너도 언니한테 사과해!"

언니가 씩씩대며 자리에 앉자 나는 들릴락 말락 내뱉었다.

"미안."

"하나도 안 들리거든?"

"미안해! 됐어?"

내가 빽 소리치자 언니가 또다시 벌떡 일어났다.

"이게 진짜!"

그러곤 어찌나 무섭게 째려보는지 뱀눈이 따로 없었다. 나도 질세라 눈에 힘을 주고 쏘아봤다.

"너희들, 정말 이럴 거야?"

엄마가 진짜 화났는지 목소리를 착 내리깔았다. 언니는 얌전히 자리에 앉았고 나도 눈을 내리깔았다. 엄마가 내게 타이르듯 말했다.

"괜히 결혼이니 뭐니 앞서갈 거 없어. 은지는 엄마가 어떤 사람 만나는지 안 궁금해?"

"하나도 안 궁금해. 왜 나한테 엄마 남자 친구를 보여 주려고 그래? 신경 쓰이게."

내가 이렇게 대꾸하자, 언니가 나 들으란 듯이 말했다.

"난 너무너무 궁금해. 잘되면 결혼할 수도 있는 건데 어떤 사람인지 봐 둬야지."

그 말에 마음이 좀 흔들렸다. 엄마가 이상한 사람이랑 결혼하겠다고 하면 큰일이다. 미리 보고 아니다 싶으면 말려야 할 것 같았다.

"그 아저씨는 어떻게 만났어? 잘생겼어?"

언니가 묻자, 엄마가 꿈꾸듯 눈을 게슴츠레 떴다.

"그때가 오후 여섯 시쯤이었나. 애들이 한바탕 몰려왔다 빠져나간 뒤였어. 떡볶이 국물에 새빨간 고추장을 뚝뚝 떠 넣고 있는데 어디선가 바람이 싸악 불더라고. 바람이 부르는 소리에 고개를 들었더니, 글쎄 바바리를 입은 남자가 문 앞에 떡하니 서 있는 거야. 키도 훤칠하고 어찌나 잘생겼던지……."

칫, 또 시작이군. 바람이 부르는 소리? 떡볶이 장사를 하지 말고 차라리 시를 쓰지. 바바리 입은 남자한테 발등 찍혀 놓고 아직도 바바리 타령이라니, 정말 한심했다.

나는 가게 유리창 밖으로 고개를 돌렸다. 노랗게 물든 단풍잎이 보였다. 엄마가 아빠한테 첫눈에 반한 계절, 가을. 엄마는 오늘처럼 단풍이 곱게 물든 날, 바바리를 입은 채 오토바이를 타고 가던 아빠한테 첫눈에 반했다고 한다. 오토바이와 바바리, 아무리 생각해도 안 어울리는 조합이다. 오토바이를 타려면 가죽 재

킷 정도는 입어야 하는 거 아닌가. 그렇게 첫눈에 반해 놓고 이혼은 왜 한담? 난 아직도 엄마 아빠가 헤어진 이유를 납득할 수가 없다. 어느 날 엄마 아빠는 무미건조한 결혼 생활을 끝내는데 합의하고 미련 없이 헤어졌다. 고작 그런 이유로 이혼을 하다니, 자식에 대한 책임감 때문에라도 살아야 하는 거 아닌가. 더 황당한 건 아빠가 엄마랑 헤어진 지 1년 만에 재혼했다는 것이다. 엄마는 또 어떻고? 딸들 앞에서 철없이 연애 타령이라니, 정말 해도 해도 너무하는 거 아닌가!

"희준 씨가 오늘따라 늦네. 약속 하나는 칼 같은 사람인데."

연분홍 원피스를 입은 엄마가 연신 화장을 고치며 중얼거렸다. 낯간지럽게 '희준 씨'는 뭐람. 언니는 아까부터 손거울을 보며 가르마를 이렇게 탔다가 저렇게 탔다가 난리였다. 그 바람에 단정했던 머리카락이 삐죽삐죽 솟고 더 지저분해졌다. 엄마가 못마땅한 얼굴로 내게 말했다.

"다른 옷 입으라니까. 어떻게 된 애가 사시사철 추리닝이니? 언니 봐. 얼마나 예뻐?"

하얀 블라우스에 치마를 입은 언니가 새침하게 쏘아붙였다.

"놔둬. 걔 일부러 그러는 거야. 호박에 줄 긋는다고 수박 될 것도 아니고."

"추리닝이 뭐 어때서? 내가 보기엔 엄마랑 언니가 더 촌스럽거든. 그렇게 꾸민 티를 팍팍 내야겠어?"

내 말에, 엄마가 쯧쯧쯧 혀를 차고 한마디 했다.

"알았으니까 입 좀 집어넣어. 그러다 오리 주둥이 된다."

나는 일부러 입을 쑤욱 내밀었다.

"희준 씨, 여기요, 여기!"

엄마가 팔을 번쩍 들고 흔들어 댔다. 어찌나 환하게 웃는지 입 큰 개구리가 따로 없었다. 카페 입구에서 캐주얼한 정장 차림의 아저씨가 미소를 지으며 다가왔다. 꽃중년이란 말에 걸맞게 생김새나 옷차림이 세련된 아저씨였다.

"늦어서 미안해요. 평소보다 일찍 나왔는데 아들이 워낙 느긋해서요."

"괜찮아요. 조금밖에 안 기다렸어요. 얘들아, 인사드려야지."

언니가 싹싹하게 인사를 했다.

"안녕하세요. 허은정이라고 합니다. 잘 부탁드려요."

부탁드리다니, 대체 뭘? 철없는 고등학생인 자신을 부탁한다는 건가? 처음 보는 아저씨한테 그런 말을 하다니 언니는 자존심도 없나 보다.

"네가 은정이구나. 듣던 대로 예쁘게 생겼네. 만나서 반갑다."

아저씨가 손을 내밀자, 언니는 수줍어하며 아저씨의 손을 살짝 잡았다. 어유, 저 내숭! 엄마가 손가락으로 내 옆구리를 쿡 찔렀다. 나는 고개를 까딱 숙였다.

"안녕하세요."

"네가 은지구나. 듣던 대로 똘똘하게 생겼네. 만나서 반갑다."

와, 언니랑 나한테 단어 한 개만 바꾸고 똑같은 인사를 하다니! 잘생기긴 했는데 센스는 없는 아저씨였다. 게다가 언니한테는 예쁘다고 해 놓고 나한테는 똘똘하다고? 나는 똘똘하기 때문에 잘 안다. 아저씨 같은 사람한테 똘똘하다는 말은 미인이 아니라는 뜻이라는 걸. 마찬가지로 미인이라는 건 똘똘하지 않다는 뜻이기도 하다. 그러니까 언니가 저렇게 입이 찢어져라 웃을 이유가 없다는 거다.

"근데 아드님은 어딨어요?"

"저기 옵니다."

나는 아저씨가 가리키는 곳을 보고 말문이 턱 막혔다. 입구 쪽에서 어슬렁어슬렁 걸어오는 아이는 놀랍게도 우리 반 나무늘보 이태성이었다! 마르고 키가 작은 태성이는 늘 잠만 자고 행동이 굼떠서 별명이 나무늘보였다. 그런 태성이가 아저씨 아들이라니!

"태성아, 인사드려. 이 분이 아빠 여자 친구고 이쪽이 은정이 누나야. 은지랑은 아는 사이랬지?"

태성이가 엄마랑 언니한테 꾸벅 인사를 한 다음, 나를 보고 느리게 입꼬리를 올렸다. 맙소사!

화장실 앞에서 한참 기다렸지만 태성이는 나올 기미가 없었다. 누가 나무늘보 아니랄까 봐, 오줌을 만들어서 싸나? 카페 안쪽을 보니 엄마랑 언니랑 아저씨는 뭐가 그렇게 재밌는지 웃느라 정신이 없었다. 드디어 태성이가 바지춤을 추켜올리며 느릿느릿 화장실에서 나왔다.

"야, 이태성!"

태성이 멀뚱멀뚱 나를 쳐다봤다.

"너, 우리 엄마랑 너희 아빠가 만나는 거 알고 있었어?"

"……아니. 나도 어제 알았어."

"그럼 나한테 미리 귀띔해 줬어야지. 내 핸드폰 번호 몰라?"

"……몰라. 그리고 어차피…… 오늘 만날 건데 뭘."

이태성, 제발 말 좀 빨리해! 대답 기다리다가 숨넘어가겠어.

"이런 일은 재깍재깍 알려야지. 긴급사태잖아."

태성이가 어리둥절한 얼굴로 물었다.

"긴급사태? ……왜?"

나는 최대한 화를 누그러뜨리고 말했다.

"왜라니? 넌 우리 엄마랑 너희 아빠가 사귀는데 아무렇지도 않아?"

"응."

태성이가 아무 망설임 없이 대답했다. 아무래도 이번 사태가 뭘 뜻하는지 모르는 것 같았다.

"잘못하면 둘이 결혼할지도 모른다고!"

"……그래서?"

"그래서라니? 너랑 나랑 매일 얼굴 보면서 한집에서 살아야 해. 그뿐인 줄 알아? 넌 우리 엄마를 새엄마라고 부르고 난 네 아빠를 새아빠라고 불러야 해. 세상에 이렇게 끔찍하고 황당한 일이 어딨어?"

그제야 말귀를 알아들은 건가? 태성이 한동안 멀뚱멀뚱 쳐다

보다가 입을 열었다.

“꼭…… 새엄마라고…… 불러야 해?”

“그치? 너도 싫지?”

“난 그냥…… 엄마라고 부를 건데.”

헉! 난 말문이 막혔다. 뭐 이런 애가 다 있지? 엄청 쿨하거나 둔하거나 둘 중 하나일 것이다. 길게 말해 봐야 아무 도움이 안 될 게 뻔했다. 나는 마지막으로 단단히 일렀다.

“어쨌든 입에 자물쇠 꽉 채워라.”

태성이가 손으로 입을 가렸다.

“입에다 자물쇠를? 그럼 아플 텐데…….”

내가 황당해서 쳐다보자 태성이 헤헤 웃었다.

“농……담.”

“하나도 안 웃기거든!”

얘는 어떻게 농담도 졸릴까?

“오늘 우리가 만난 거 아무한테도 얘기하지 마. 아예 머릿속에서 싹 지워 버려.”

태성이가 풀죽은 목소리로 물었다.

“꼭 그래야 돼? 난…… 엄마 생기면 좋을 거 같은데. 네가 내 동생 되는 것도 좋고."

"동생? 내가 왜 네 동생이야?"

"아마 내 생일이 더 빠를걸. 난 1월생이거든."

"생일 빠르면 뭐해? 철이 덜 들었는데."

내 서슬에 태성이 기죽은 듯 입을 다물었다.

"잘 들어. 난 새아빠 필요 없어. 너 같은 동생도 필요 없고. 그러니까 애들한테 소문내지 마. 알았지?"

내가 눈을 부라리며 다그치자 태성이가 눈치를 보며 대답했다.

"……알았어. 이제 가도 되지?"

태성이 슬금슬금 돌아섰다. 어째 영 미덥지가 않았다. 뒤통수에 껌이라도 달라붙은 것처럼 기분이 찜찜했다.

약속이 깨진 뒤에 남겨진 건

월요일 아침, 나는 토스트를 오물거리며 엄마에게 물었다.

"엄마, 태성이 아빠가 왜 이혼했는지 알아?"

"성격 차이라던데."

칫, 뻔한 거짓말! 엄마 아빠가 이혼할 때도 성격 차이라고 했다. 대부분의 사람이 이혼 이유를 물으면 성격 차이라고 한다. 진짜 속사정을 감추고 둘러대기 편해서겠지.

"엄만 그 말을 믿어? 분명 다른 이유가 있을 거야. 혹시 술주정이 심한 거 아냐?"

"그건 확실히 아니거든."

"엄마가 어떻게 알아? 둘이 술 많이 마셔 봤어?"

"당연하지. 사람을 알려면 술을 먹어 봐야 돼."

나는 눈을 새치름히 뜨고 따졌다.

"집안일 하랴 가게 일하랴 바쁘다더니 언제 그렇게 만났어?"

"연애도 부지런해야 하는 거다. 너도 명심해."

참나, 엄마는 정말 못 말리겠다.

"게임 중독일 수도 있어."

"희준 씨 게임 못해. 같이 피시방 갔는데 테트리스밖에 못하더라."

"테트리스? 헐, 구리다. 혹시 폭력적인 거 아냐? 열 받으면 막 부수고."

"저번에 보니까 바퀴벌레도 못 잡던데?"

"흥, 도둑 들면 제일 먼저 도망가겠네. 바람기 있는 건 아니지?"

딱, 주걱이 내 이마에 떨어졌다.

"아야!"

"쪼그만 게 못 하는 말이 없어. 괜히 멀쩡한 사람 꼬투리 잡지 말고 학교나 가."

나는 이마를 문지르며 원망스레 엄마를 쳐다봤다. 아저씨를 얼마나 만났다고 저렇게 철석같이 믿는 거지? 13년이나 같이 산 아빠 속도 몰랐으면서. 나는 아빠를 떠올리다가 불현듯 깨달았다. 아저씨의 스타일이 아빠를 닮았다는 걸. 세월이 흘렀는데도 엄마의 이상형은 그대로였다. 처음부터 아저씨가 마음에 안 든 이유가 그거였나 보다.

"겉만 보고 어떻게 알아? 외할머니가 그랬잖아. 얼굴 반반한 남자는 믿지 말라고."

"아침부터 자꾸 시끄럽게 굴래? 얼굴 잘생긴 게 죄니?"

무슨 말을 해도 소용없었다. 나는 그만 해서는 안 될 말을 하고 말았다.

"만약 그 아저씨랑 결혼하면 집 나가 버릴 거야!"

딱, 주걱이 또 이마로 날아왔다.

"가출이 무슨 벼슬인 줄 알아? 어디서 막말이야?"

나는 주걱 세례를 피해 재빨리 집을 빠져나왔다.

'이 사태를 어떻게 해결하지?'

이 궁리 저 궁리하며 걷고 있는데 누군가 내 신발주머니를 낚아챘다. 우리 반 남자애였다.

"야, 이리 내."

남자애는 신발주머니를 줄 것처럼 내밀었다가 다른 애한테 던졌다.

"재미 하나도 없거든. 빨리 내놔."

둘은 신발주머니를 주거니 받거니 하며 저만치 뛰어갔다.

"나 잡아 봐라."

"여기, 여기!"

어유, 나이가 몇인데 저런 유치한 장난을 하는 거야. 정말 한심했다.

그때 교문 앞에서 복장 단속을 하던 민우가 남자애들 앞을 막아섰다. 민우가 뭐라고 했는지, 애들이 순순히 민우에게 신발주머니를 건네고 걸어갔다. 내가 다가가자 민우가 신발주머니를 내밀었다.

"자, 받아."

"쟤들한테 뭐라고 했어? 선생님한테 이른다고 했어?"

"나 그렇게 쪼잔한 애 아니다. 비밀이야."

그렇게 말하고 민우가 풋풋하게 웃었다. 보는 사람 기분까지 상쾌하게 만드는 웃음이었다. 갑자기 누가 노크라도 한 것처럼 심장이 똑똑거렸다.

'왜 이래? 나대지 말아, 심장아.'

나는 얼른 민우를 외면하고 돌아섰다. 1학년 때도 같은 반이었던 민우는 모범생인데다 리더십도 있어서 반장을 도맡아 했다. 선도부라는 동아리에 든 뒤로는 일주일에 한 번 교문 앞에서 아이들 옷차림을 단속했다. 그나저나 남자애들한테 대체 뭐라고 한 거지? 비밀이라니 괜히 더 궁금했다.

내가 교실에 들어가자, 한창 떠들어 대던 애들이 갑자기 조용해졌다. 자기들끼리 킥킥대며 나를 힐끔거리기도 했다. 불길한 기운을 감지하고 자리에 앉은 순간 휴대폰이 진동을 했다. 앞자리의 미혜가 보낸 톡이었다.

- 너희 엄마랑 태성이 아빠랑 사귄다며?

- 뭐? 누가 그래?

- 태성이

나는 가슴이 철렁해서 책상에 엎드려 있는 태성이를 돌아봤다. 입에 자물쇠 채우라고 그렇게 일렀건만……. 나는 태성이에게 다가가 어깨를 흔들었다. 태성이가 눈을 게슴츠레 뜨고 쳐다봤다. 밤에 뭘 하기에 아침부터 자는 건지…….

"왜?"

"애들한테 뭐라고 했어?"

"……별말 안 했어. 그냥, 네가 내 동생이 될지도 모른다고……."

"왜 그런 쓸데없는 소리를 해?"

"그게, 우리가 카페에서 나오는 걸 누가 봤다고 해서……."

운 나쁘게 목격자가 있었던 모양이다. 그래도 잘 둘러대면 될 걸, 고지식하게 곧이곧대로 말할 게 뭐람. 나는 아이들에게 들리도록 확실히 못을 박았다.

"잘 들어. 그럴 일은 절대, 네버, 결단코 없을 거야. 그러니까 함부로 얘기하지 마. 알았지!"

하지만 이미 엎질러진 물이었다. 호기심 어린 눈빛들, 간간이 들려오는 속닥거림을 막을 수는 없었다. 내가 아이들의 따가운 시선을 견디는 동안 태성이는 나무늘보처럼 내내 잠만 잤다. 어쩐 일인지 선생님들은 그런 태성이를 내버려 뒀다.

나랑 미혜는 운동장 둘레에 있는 벤치에 앉았다. 수업이 끝나면 거의 매일 거기서 수다를 떨곤 했다. 운동장에서는 남학생들이 축구를 하고 있었다. 미혜가 입안에서 알사탕을 굴리다가 땅이 꺼져라 한숨을 쉬었다.

"흐응, 배고파."

"아직도? 내 점심까지 뺏어 먹었잖아."

"네가 입맛 없다고 줘 놓고선. 어제저녁부터 굶었더니 허기가 가시질 않아."

"새엄마가 밥 안 줘?"

"줘도 안 먹어. 독 탔을까 봐."

"설마."

"설마가 사람 잡는 거 몰라?"

나는 밥 먹을 때마다 벌벌 떠는 미혜가 안쓰러웠다. 내 주위에는 왜 이렇게 인생이 꼬인 애들이 많은 거지? 나는 점심 때 나온 빵을 미혜에게 건넸다.

"배고플 때 먹으려고 챙겼는데 너 먹어."

미혜가 냉큼 빵을 받으며 물었다.

"근데 넌 어떡할래? 여차하면 태성이랑 남매 될 판인데."

"말 같지 않은 소리 하지 마."

"나도 새엄마가 생길 줄은 꿈에도 몰랐거든. 아마 새아빠는 새엄마보다 훨씬 끔찍할 거야. 으, 생각만 해도 싫다!"

미혜가 소름 끼친다는 듯 몸을 부르르 떨었다. 나한테 새아빠가 생기길 바라는 건가? 왜 자꾸 입방정을 떨지? 빵이 아까웠다. 내가 새침하게 쏘아보자 미혜가 아차 싶은지 구시렁댔다.

"아니 뭐, 꼭 그렇다는 건 아니고……."

그때 발밑으로 축구공이 굴러왔다. 축구를 하던 아이 하나가 우리를 보고 소리쳤다.

"거기, 공 좀 던져 줄래?"

나는 벌떡 일어나 축구공 앞에 섰다. 안 그래도 스트레스 받는데 마침 잘됐다. 나는 젖 먹던 힘을 다해 축구공을 걷어찼다. 바로 앞에 한 남학생이 서 있는 걸 까맣게 모르고! 그 남학생은 내게 공을 달라고 양손을 흔들다가 무방비 상태로 배에 공을 맞았다.

"윽!"

남학생이 배를 잡고 주저앉았다. 나는 놀라서 얼른 달려갔다.

"어떡해. 괜찮아요?"

미혜도 단숨에 달려왔다.

"창민 오빠, 많이 아파?"

미혜가 아는 사람인 것 같았다. 축구를 하던 아이들이 남학생 주위로 몰려들었다.

"애가 다 죽어 가네. 도대체 얼마나 세게 찬 거야?"

"여자가 세 봤자지."

"너 그거 남녀 차별이다!"

"뭐래. 난 연약한 여자를 존중하는 의미에서 한 말이거든."

"연약한 여자? 너 여자가 얼마나 무서운지 모르는구나?"

남자애들은 자기들끼리 따따부따 떠들어 댔다. 창민 오빠가 좀 나아졌는지 웃으면서 말했다.

"조용히 좀 해. 너희 때문에 정신이 하나도 없다."

그러곤 걱정스러운 얼굴로 서 있는 내게 말했다.

"괜찮으니까 걱정 마. 내가 이래 봬도 복근이 장난 아니거든."

내가 난처할까 봐 일부러 하는 말 같았다. 그러니까 더 미안했다. 미혜가 창민 오빠에게 장난스레 말했다.

"오빠, 미안. 내 친구가 쓸데없이 힘만 세."

"정말 괜찮아요?"

내가 묻자, 창민 오빠가 과장되게 팔다리를 흔들었다.

"봐. 말짱하지? 네가 무슨 호날둔지 알아?"

그 모습이 우스워 피식 웃음이 났다.

"미혜는 오랜만이네. 잘 지내지?"

"응. 오빠도?"

"나야 늘 잘 지내지."

친구들이 부르는 소리에 창민 오빠는 다시 운동장으로 뛰어갔다.

"저 오빠랑 어떻게 아는 사이야?"

"옛날에 옆집 살았었어. 우리 엄마랑 오빠 엄마랑 친해서 자주 봤었는데 아줌마 돌아가신 뒤로는 못 봤지. 엄마도 지금은 미국에 있고."

나는 운동장에서 뛰는 창민 오빠를 바라봤다. 동작이 엉거주춤한 게 축구공에 맞아서 그런 것 같아 신경 쓰였다.

"저 오빠 옛날부터 엄청 착했어. 엄마가 농담으로 사위 삼고 싶다고 했었는데. 크큭."

아픈 데도 아닌 척, 내 마음이 불편할까 봐 배려하는 거 보고 착한 거는 진작 눈치챘다. 그런데 언뜻 본 미혜의 얼굴이 슬퍼 보였다. 엄마 생각이라도 하는 건가? 미혜의 엄마는 이혼한 뒤에 외가 식구들이 있는 미국으로 갔다. 엄마 아빠랑 함께 살았던 때가 미혜한테는 제일 행복한 시절이었을 거다. 왜 어른들은 평생 한 여자, 한 남자만을 사랑하겠다며 지키지도 못할 약속을 할까? 약속이 깨진 뒤에 남겨진 건 상처 입은 아이들뿐인데…….

내가 대신 찾아 줄게

다음 날 내가 교실에 들어가자마자 미혜가 말을 걸었다.

"은지야, 창민 오빠가 병원에 입원했대."

나는 순간적으로 멍해졌다. 창민 오빠가 누구지? 아, 어제 만났던 그 오빠!

"왜?"

"맹장염이래. 어젯밤에 배가 엄청 아파서 응급실에 갔나 봐."

"축구공에 맞아서 그런 거야?"

"그건 모르겠고 오전에 수술한다던데?"

나는 좀 찜찜했다. 축구공과 맹장염 사이에 무슨 관계가 있을 것 같지는 않았지만 그래도 마음에 걸렸다.

"학교 끝나고 같이 병문안 갈까?"

"오늘은 학원 뺑뺑이 도는 날이라 안 돼. 토요일엔 가능."

"그때까지 병원에 있겠어?"

"모르지. 혼자라도 갈래? 병원 어딘지 물어볼게."

혼자 병문안을 가려니 어색했지만 안 가면 마음이 불편할 것 같았다. 미혜는 톡을 몇 번 주고받더니 금세 병원을 알아냈다. 다행히 병원은 전철로 몇 정거장만 가면 되는 거리였다.

나는 수업이 끝난 후 병원으로 향했다. 5층에 있는 병실로 들어갔더니, 창민 오빠가 링거를 맞은 채 침대에 누워 있었다. 눈을 감고 있기에 자는 줄 알았는데, 내가 다가가자 오빠가 눈을 떴다.

"어? 네가 여긴 어떻게……."

"미혜가 알려 줬어요. 수술은 잘됐어요?"

창민 오빠는 일어나 앉으려다가 신음을 내뱉었다.

"아아!"

"그냥 누워 있어요. 많이 아파요?"

"응. 아직은 움직이기 힘드네. 수술은 잘됐대."

"혹시 어제 공 맞은 거 때문에……."

내 말에 창민 오빠가 웃음을 참는 듯 얼굴을 찡그렸다.

"아아, 아프니까 웃기지 좀 마. 공에 맞아서 맹장염 걸렸다는 얘기는 처음 들어본다. 그래서 온 거구나?"

나는 민망해서 헤 웃었다. 한편으로 공 때문이 아니라니까 마음이 놓였다.

"손님이 오셨네. 누구?"

목소리에 돌아보니 중년의 아저씨가 서 있었다.

"예전에 우리 옆집에 살았던 미혜 알죠? 미혜 친구예요. 참, 이름이 뭐지?"

"허은지요."

"어제 은지가 찬 축구공에 맞았는데 그거 때문에 맹장염에 걸린 줄 알았나 봐요."

"괜히 마음고생을 했구나. 며칠 전부터 배가 살살 아팠는데 그냥 넘겼었나 봐. 늦지 않게 수술해서 다행이지. 아무튼 이렇게 병문안도 와 주고 고맙네."

아저씨가 냉장고에서 주스를 꺼내 주었다. 그제야 병문안 오면서 아무것도 안 사 왔다는 걸 깨달았다. 난 왜 이렇게 센스가 없지? 아저씨는 배가 조금 나오고 머리도 살짝 벗겨졌는데 인상이 참 좋았다. 창민 오빠처럼 두루뭉술하게 생겨서 꼭 붕어빵 같았다. 아저씨가 창민 오빠의 이마를 짚어 보고 걱정스레 물었다.

"아직도 많이 아파?"

"좀 나아졌어요."

"방귀는 나왔어?"

창민 오빠는 민망한지 나를 슬쩍 보고 대답했다.

"아직."

"빨리 방귀를 뀌어야 밥을 먹을 텐데."

"나오겠죠."

아저씨가 창민 오빠의 발바닥을 꾹꾹 누르자, 창민 오빠가 말렸다.

"지압 안 해도 돼요."

"이렇게 해야 혈액 순환이 잘되고 방귀도 빨리 나오지."

"아빠, 방귀 얘기는 그만……."

나도 모르게 피식 웃음이 났다. 그제야 아저씨가 나를 돌아보고 허허 웃었다.

"내가 은지 앞에서 실례했나? 맹장 수술한 다음에 방귀가 나와야 몸이 정상으로 돌아왔다는 뜻이거든."

"네……."

아저씨는 창민 오빠의 발바닥을 열심히 지압했다.

“어젯밤에 아파서 데굴데굴 구르는 거 보고 얼마나 놀랐던지, 수명이 일 년은 준 거 같아.”

“팔 아프니까 그만 해요.”

“놔둬. 덕분에 나도 손가락 지압 되고 좋아.”

참 다정한 부자지간이었다. 보고 있는 나까지 마음이 훈훈해졌다. 문득 예전에 장염에 걸려서 병원에 입원했던 일이 떠올랐다. 아빠는 회사 일이 바쁘다며 한 번도 병문안을 오지 않았다. 퇴원하고 집에 온 날 아빠가 꽃다발을 사 오긴 했지만 별로 감동적이지 않았다. 지금 생각해 보니, 예쁜 꽃다발보다 아빠가 잠깐이라도 병원에 들러 내 이마를 짚어 주길 바랐나 보다. 따뜻한 아빠를 둔 창민 오빠가 부러웠다.

나는 다음 날에도 병실에 찾아갔다. 전날 빈손으로 간 게 마음에 걸려서 죽 한 그릇을 사 갔다. 수술한 다음이니까 부드러운 음식이 나을 것 같았다. 창민 오빠가 자는 틈에 살짝 죽만 두고 나왔는데, 복도에서 아저씨랑 딱 마주쳤다.

“어? 은지 또 왔네.”

“네, 그냥 죽만 두고 가려고 했는데…….”

"뭐 하러 그런 걸 샀어? 학생이 돈이 어딨다고."

"용돈 받은 거 있어요. 방귀는 나왔어요?"

내가 작은 소리로 묻자 아저씨가 눈을 찡긋하며 고개를 끄덕였다.

"다행이다."

"나중에 미혜랑 같이 놀러 와. 아저씨가 맛있는 밥 해 줄게."

밥을 해 준다고? 그러고 보니 아빠가 밥하는 모습을 한 번도 본 적이 없었다. 텔레비전에 요리하는 남자들이 곧잘 나오지만 우리 집과는 상관없는 얘기였다. 아저씨는 외모랑 성격이 아빠랑 완전 딴판이었다.

얼굴에 황토를 덕지덕지 바르고 누워 있자니 갑갑하고 좀이 쑤셨다. 피부가 보드라워진다면서 엄마랑 언니가 꼬여도 넘어가는 게 아니었다. 양옆에 누워 있는 엄마랑 언니는 잠이 들었는지 조용했다.

"엄마, 자?"

엄마가 잠이 잔뜩 묻은 목소리로 대답했다.

"아니."

"이러면 진짜 피부 좋아져?"

"모공 청소도 싹 되고 촉촉해진대. 이거 바른 모델 보니까 피부가 백옥이더라. 말 시키지 마. 가루 날려."

순진한 엄마! 아마 그 모델은 천 원짜리 황토팩 대신 피부과에서 값비싼 피부 관리를 받을 것이다.

"엄마."

"왜 또?"

"결혼이 그렇게 하고 싶어?"

"엄만 혼자 사는 거 싫어. 외롭잖아."

"왜 혼자야? 나랑 언니가 있는데."

잠든 줄 알았던 언니가 끼어들었다.

"넌 나중에 결혼 안 할 거야? 외국에 나가서 살 수도 있잖아."

듣고 보니 틀린 말은 아니었다. 결혼할 생각은 없지만 외국에서는 살아 보고 싶었다.

"꼭 태성이 아빠여야 돼? 더 괜찮은 남자도 있을 텐데."

"누가 결혼한대? 아직은 알아 가는 단계야."

그나마 다행이었다. 태성이랑 한집에서 사는 건 상상하기도 싫었다. 언니가 오징어처럼 몸을 배배 꼬며 말했다.

"아, 빨리 결혼하고 싶어. 사랑하는 남자랑 한집에서 알콩달콩, 너무 재밌을 것 같아!"

"언닌 벌써부터 결혼 타령이야?"

"미리미리 시뮬레이션을 해 둬야 남자 보는 안목이 생기지. 두고 봐. 난 대학교 졸업하자마자 결혼할 거니까."

듣고 있던 엄마가 한마디 했다.

"근데 이상하게 결혼에 목맸던 애들이 늦게 하더라. 은지 같은 애들이 오히려 더 빨리해."

"엄마!"

"엄마!"

나랑 언니가 동시에 빽 소리를 질렀다.

"아우, 귀청 떨어지겠네. 아무튼 결혼은 해도 후회, 안 해도 후회라니까 이왕이면 하고 후회하는 게 나아."

언니가 옆에서 거들었다.

"맞아. 피치 못할 상황이면 두 번도 하는 거고."

"그렇지!"

엄마랑 언니는 뭐가 재밌는지 마주 보고 깔깔댔다. 그 바람에 얼굴에 바른 황토가 지진이라도 난 듯 갈라졌다.

"진짜 못 말린다니까!"

나는 벌떡 일어나 앉았다. 얼굴에서 흙가루가 부스스 떨어졌지만 상관없었다.

'결혼을 또 하겠다 이거지? 그럼 내가 대신 찾아 줄게. 절대로 배신 안 할 믿음직한 남자로!'

아저씨 탐색 작전

나는 일단 아저씨를 탐색해 보기로 했다. 아빠와 딴판인 외모, 자상한 성격이 마음에 들었다. 지난번에 아저씨가 놀러 오라고 했으니 그 핑계로 찾아가면 자연스러울 것이다. 나는 미혜를 살살 꼬였다.

"아저씨가 너랑 같이 집에 놀러 오래."

"그래? 아저씨 본 지 오래돼서 어색할 거 같은데……."

"그래도 한번 가 보자. 창민 오빠도 볼 겸. 너 창민 오빠랑 친하잖아."

미혜가 수상하다는 듯 쳐다봤다.

"그렇게 친하지는 않아. 너 좀 이상하다. 혹시 창민 오빠 좋아해?"

"아니거든."

내가 부인하는 데도 미혜는 다 안다는 듯 야릇하게 웃었다.

"오리발은. 그게 아니면 아저씨네는 왜 가겠다는 건데? 관심 있으면 있다고 해."

나는 확실히 아니라고 하려다 관뒀다. 아저씨 집에 갈 수 있다면 그깟 오해쯤은 상관없었다.

"그런 이유라면 베프가 안 나설 수 없지. 잠깐 기다려 봐."

미혜는 창민 오빠랑 금세 톡을 주고받고 말했다.

"토요일 두 시에 점심 먹으러 오래. 괜찮아?"

"좋아."

토요일, 나는 미혜랑 같이 창민 오빠 집으로 향했다. 창민 오빠는 우리 집에서 멀지 않은 아파트에 살았다. 초인종을 누르자 창민 오빠가 문을 열어 줬다.

"어서 와."

흰색 앞치마를 두른 아저씨도 현관 앞까지 나와 우리를 맞았다.

"미혜랑 은지 왔구나. 미혜는 못 본 사이에 숙녀가 다 됐네?"

아저씨의 말에 미혜는 쑥스러운 듯 웃었다. 아저씨는 앞치마 위로 배가 볼록 나와서 우스꽝스럽기도 하고 귀엽기도 했다. 집 안에 고소한 음식 냄새가 가득했다.

"셋이 잠깐 얘기하고 있어. 금방 차려 줄게."

아저씨는 다시 부엌으로 갔고 우린 거실에 모여 앉아 얘기를 나눴다. 미혜랑 창민 오빠가 옛날얘기를 하는 사이에 나는 슬쩍 집 안을 훑어봤다. 꼭 필요한 가구와 물건만 놓인 거실은 검소해 보였다. 손바닥으로 바닥을 쓸어 봤더니 먼지가 조금 묻어났다. 소파 밑에 양말이나 속옷이 박혀 있지도 않았다. 너무 깔끔하거나 더러우면 같이 살기 피곤할 텐데, 아저씨네 집은 적당히 깔끔해서 마음에 들었다.

"오빠, 나 손 좀 씻어도 돼?"

"그럼. 화장실은 저쪽이야."

나는 화장실에 들어가 손을 씻으면서 주변을 둘러봤다. 욕실용품들이 잘 정리돼 있고 변기 주위도 깨끗했다. 하얀 수건도 바짝 마른 채 걸려 있었다. 다른 곳은 몰라도 화장실을 더럽게 쓰는 건 싫었다. 그때 밖에서 아저씨 목소리가 들렸다.

"얘들아, 점심 먹자."

나는 얼른 식탁으로 가서 앉았다. 나물 몇 가지, 겉절이, 생선전, 불고기, 잡채 등이 하얀 접시 위에 맛깔스럽게 놓여 있었다.

"와, 이걸 직접 하신 거예요?"

"응. 평소에 먹던 대로 차린 거야. 건강에는 역시 한식이 최고지."

"잘 먹겠습니다."

나와 미혜는 바쁘게 젓가락을 놀렸다. 음식은 짜거나 기름지지 않고 담백했다. 미혜가 먹으면서 감탄했다.

"음, 맛있어. 간이 딱 맞아."

창민 오빠가 자랑스레 말했다.

"우리 아빠, 한식만 잘하는 게 아니라 양식이랑 제과 제빵 자격증도 있어."

나는 놀라서 물었다.

"진짜요? 언제 그런 걸 따셨어요?"

아저씨가 별일 아니라는 듯 대답했다.

"원래 요리하는 걸 좋아해. 이왕 하는 거 잘하고 싶어서 이것저것 배웠지. 혹시 알아? 퇴직하고 나서 음식점을 할지."

회사 다니면서 자격증까지 따다니 정말 부지런한 것 같았다. 식사를 마치고 나자 아저씨가 직접 구운 쿠키와 키위주스를 내왔다. 바닐라, 초콜릿, 녹차 쿠키는 바삭하고 고소했다. 키위를 듬뿍 갈아 넣은 주스는 진하고 새콤달콤했다. 굉장히 대접받고 있는 듯한 기분이 들었다.

"난 과자랑 빵 굽는 냄새가 그렇게 좋더라. 이래저래 피곤한 날에도 빵 굽는 냄새를 맡으면 마음이 편안해져."

아저씨가 느끼는 기분을 나도 알 것 같았다. 우연히 제과점 앞을 지나다가 안에서 풍겨 오는 빵 굽는 냄새에 마음이 훈훈해졌던 기억이 났다. 아저씨 같은 사람이라면 엄마도 좋아할 수밖에 없을 것이다. 사람의 마음을 어루만지는 음식을 만드는 사람이니까.

솔직히 엄마는 요리 솜씨가 꽝이다. 열심히 만들기는 하는데 늘 뭔가 빠뜨린 맛이 난다. 언니는 손에 물 묻히는 걸 싫어하고, 나 역시 할 줄 아는 게 라면밖에 없다. 엄마의 남편감을 찾으려고 했던 건데, 잘하면 솜씨 좋은 요리사까지 덤으로 얻게 생겼다. 이런 걸 두고 일석이조, 꿩 먹고 알 먹고, 도랑 치고 가재 잡고, 마당 쓸고 돈 줍는다고 하는 거겠지?

"잘 먹었습니다. 설거지는 저희가 할게요."

나랑 미혜가 치우려고 일어나자 아저씨가 말렸다.

"어허, 손님한테 설거지를 시킬 순 없지. 셋이 편하게 놀고 있어."

어쩔 수 없이 우리 셋은 다시 거실에 모여 앉았다. 미혜가 한구석에 놓인 기타를 가리켰다.

"오빠, 요즘도 기타 쳐? 옛날에 되게 잘 쳤잖아."

"안 친지 한참 돼서 다 까먹었어."

"그래도 한 곡만 쳐 주면 안 돼? 듣고 싶은데."

미혜가 조르자 창민 오빠가 난처한 듯 말했다.

"이제 못 친다니까. 아빠한테 쳐 달라고 할까? 옛날에 대학가요제 나가서 상도 타셨거든. 아빠, 기타 좀 쳐 주세요."

설거지를 마친 아저씨가 앞치마에 손을 닦으며 물었다.

"기타를? 솜씨가 별론데 괜찮겠어?"

"상관없어요."

내가 대답하자 아저씨가 기타를 들고 소파에 앉았다. 그러곤 능숙하게 클래식을 연주하기 시작했다.

"로망스라는 곡인데 많이 들어 봤을 거야."

아저씨 말대로 귀에 익은 곡이었다. 잔잔하고 슬픈 음악이 마음을 적셨다. 솜씨가 별로라더니 지나친 겸손이었다. 연주가 끝나자 나랑 미혜는 한 곡 더 해 달라고 졸랐다. 아저씨가 기타 반주와 함께 '벚꽃 엔딩'을 불렀다. 중저음으로 담백하게 부르는 노래는 듣기에 좋았다. 나는 진심으로 아저씨한테 감탄했다. 자상한 성격에 기타도 잘 치고 노래도 잘하고 요리 실력까지 수준급이었다. 외모도 마음에 쏙 들었다. 잘생기지도 못생기지도 않은 얼굴에 작지도 크지도 않은 키. 외모만 그럴듯한 아빠보다 훨씬 실속 있고 믿음직스러워 보였다. 이만하면 엄마의 남편감으로 합격!

문득 엄마가 전부터 기타를 배우고 싶어 했다는 게 떠올랐다. 시간 없다면서 차일피일 미루고 있었는데 오히려 잘된 일인 것 같았다.

월요일 아침 일찍, 나는 창민 오빠 집 앞으로 갔다. 아파트 1층 현관이 보이는 곳에 몸을 숨기고 십 분쯤 기다렸을까? 아저씨와 창민 오빠가 현관 밖으로 나왔다. 나는 모자를 푹 눌러 쓰고 가만히 두 사람 뒤를 밟았다. 아저씨가 차를 몰고 가면 포기할 생각이었는데 다행히 둘은 나란히 길을 걸었다. 이런저런 얘기를 하며 걸어가는 둘의 모습이 다정해 보였다. 잠시 후 오빠는 학교 쪽으로 향하고 아저씨는 버스 정류장에 섰다. 나는 멀찍이 떨어져 있다가 아저씨가 버스에 오르는 걸 보고 잽싸게 뒤따라 탔다. 집에서의 모습은 살펴봤으니까 회사에서 어떤 모습인지 보고 싶었다. 엄마의 남편감을 찾는 일이니까 신중, 또 신중해야 한다.

출근 시간이라 버스에는 사람이 많았다. 나는 적당히 거리를 두고 사람들 사이로 아저씨를 주시했다. 아무리 봐도 잘생긴 얼굴은 아니었다. 첫째도 외모, 둘째도 외모인 엄마의 마음에는 안 들겠지만, 이제 엄마도 철들 때가 됐다.

"꼴에 보는 눈은 있어서. 잘생긴 사람 첨 보냐?"

내 옆에 있던 교복 차림의 오빠가 거만한 눈길로 쳐다봤다. 내가 자기를 쳐다보는 줄 알았나 보다.

"그쪽 본 거 아닌데요?"

"모자 밑으로 힐끔거리는 거 누가 모를 줄 알고? 하도 쳐다봐서 얼굴에 구멍 나는 줄 알았다."

근처에 있던 사람들이 나를 보고 키득키득 웃었다. 나는 창피한 건 둘째치고 아저씨한테 들킬까 봐 조마조마했다.

"그런 거 아니거든요! 거울 보여 줘요?"

내가 작은 소리로 쐐기를 박듯 말했는데도, 주제 파악이 덜 된 고딩은 내 말을 곧이곧대로 듣지 않았다. 저 혼자 피식피식 웃더니 내 귀에 대고 속삭였다.

"근데 왜 간지럽게 속삭여? 핸드폰 줘 봐."

"왜요?"

"번호 찍어 줄게. 너무 자주 하면 곤란하니까 하루에 한 번만 전화해. 알았지?"

헐! 나는 할 말을 잃고 말았다. 이런 말기 도끼 병 환자한테는 치료 약도 없다. 더 대거리를 해 봐야 입만 아플 게 뻔했다. 마침 아저씨가 버스에서 내리기에 나는 얼른 뒤따라 내렸다. 버스 창문으로 고딩이 내게 윙크를 하는 게 보였다.

'으으, 밥맛없어!'

아저씨는 대로변에 있는 빌딩 안으로 들어갔다. 회전문 위에 익숙한 자동차 회사 로고가 걸려 있었다. 아저씨가 큰 회사에 다녀서 다행이었다. 아무래도 작은 회사보다는 월급도 많고 복지도 좋을 것 아닌가. 그런 생각을 하는 나 자신이 싫었지만 엄마의 남편감이라고 생각하니 머리가 저절로 그렇게 돌아갔다. 내가 꼭 막장 드라마에 나오는 비호감형 인간 같았다. 자아 비판은 그만!

아저씨가 엘리베이터에 오르는 걸 보고, 나는 모자로 얼굴을 최대한 가린 채 사람들 틈에 섞여 들어갔다. 그러곤 구석에 몸을 숨기고 있다가 아저씨를 따라 9층에서 내렸다.

복도를 걷던 아저씨가 어느 사무실 안으로 들어갔다. 사무실 문 위에 '영업부'라는 안내판이 보였다. 나는 복도 창문에 눈만 내놓고 안을 들여다봤다. 아저씨는 창가 쪽 가운데 자리에 앉아 있었다. 책상 위에 '이석기 팀장'이라는 명패가 보였다.

"학생, 여기서 뭐 해?"

남자 목소리에 고개를 돌렸더니, 양복을 입은 젊은 아저씨가 나처럼 창에 이마를 대고 있었다.

"별로 재밌는 구경거리도 없는데. 누구 찾아?"

나는 얼른 창에서 얼굴을 떼고 말했다.

"아, 아뇨. 그냥 지나가는 길이에요."

아저씨가 고개를 갸우뚱했다.

"학생이 학교는 안 가고 왜 여길 그냥 지나가?"

누가 봐도 이상한 상황이었다.

"이제 학교 갈 거예요."

나는 서둘러 자리를 뜨려다가 멈칫했다. 이왕 왔는데 아무 소득 없이 가기는 억울했다.

"저, 뭐 좀 물어봐도 돼요?"

"응. 좋을 대로."

"팀장이 높은 거예요?"

"팀장? 팀을 책임지는 사람이니까 높다면 높은 거겠지. 아, 이 팀장님 찾아왔구나?"

나는 얼른 생각나는 대로 둘러댔다.

"아, 아니에요. 학교 숙제로 직업 탐방 보고서를 써야 해서요."

"직업 탐방이면 인터뷰도 해야지. 이 팀장님이라면 흔쾌히 응해 줄걸. 워낙 인품이 좋으셔서 말이야. 내가 여쭤 볼까?"

"아니요, 그러지 마세요."

"이 팀장님!"

내가 만류하는데도 젊은 아저씨는 사무실로 들어가며 아저씨를 불렀다. 이크, 나는 황급히 몸을 숙이고 엘리베이터로 종종걸음 쳤다. 뒤통수로 젊은 아저씨의 목소리가 날아들었다.

"학생, 어디 가?"

나는 엘리베이터를 기다릴 새도 없어 계단을 뛰다시피 내려갔다. 어유, 오지랖 넓은 아저씨 때문에 하마터면 들킬 뻔했다. 내가 미행했다는 걸 알면 아저씨가 얼마나 이상하게 생각할까? 나는 회사 밖으로 나와서야 안도의 한숨을 내쉬었다.

어쨌든 오늘의 염탐은 성공! 아저씨가 꽤 괜찮은 회사에 다니는 것도 확인했고 인품이 좋다는 증언도 들었으니 그걸로 됐다. 학교 가는 길에 병원에 들렀는데 마침(?) 목이 살짝 부어 있었다. 어쩐지 목이 갑갑하다 했더니……. 선생님께 처방전을 내면 무단 지각은 면할 것이다. 아, 갈수록 잔머리만 는다.

생일 파티를 가장한 소개팅

나는 엄마랑 아저씨를 자연스럽게 만나게 할 방법을 궁리하다가 내 생일을 떠올렸다. 생일은 다음 주지만 이번 일요일로 당겨서 생일 파티를 하면 될 것이다. 겨우 몇 번 만난 사이에 생일에 초대하자니 민망했지만 대의를 위해서 감수하기로 했다. 나는 지난번에 알아 둔 번호로 생일에 초대한다는 카톡을 보냈다. 곧 아저씨한테 카톡이 왔다.

- 은지 생일이구나! 초대는 고마운데 아저씨가 가면 썰렁하지 않을까? 생일엔 친구들하고 놀아야지.
- 지난번에 초대하셨으니까 저도 초대하고 싶어요.

- 마음만 받을게. 내가 가면 어머니도 불편하실 테고.

- 생일 선물로 아저씨가 만든 쿠키랑 케이크 받고 싶은데, 쉬는 날 귀찮으시죠?

내가 이렇게까지 나오니 아저씨도 거절하기 힘들었을 것이다.

- 나야 초대해 줘서 영광이지. 그럼 창민이랑 같이 갈게.

- 신난다! 참, 받고 싶은 선물이 하나 더 있어요.

- 뭔데?

- 기타 치면서 노래 하나만 불러 주세요. 무슨 노래든 상관없어요.

- 갖고 싶은 선물이 겨우 그거야? 너무 소박하네ㅎㅎ

내가 생각해도 이상한 선물 요청이긴 했다. 하지만 엄마한테 아저씨의 매력을 보여 주려면 어쩔 수 없었다. 다음은 엄마를 설득할 차례였다.

"요즘 누가 집에서 생일 파티를 하니? 친구들이랑 맛있는 거사 먹고 놀다가 와."

"요리하기 귀찮아서 그러지?"

엄마는 살짝 뜨끔한 표정을 지었다.

"그게 아니라 집에 초대했는데 음식이 맛없으면 난처하잖아."

백번 천번 맞는 말이다. 진짜 목적이 생일 파티였다면 집에서 절대 안 했을 것이다. 나는 눈물을 머금고 거짓말을 했다.

"엄마가 마음만 먹으면 요리를 끝내주게 잘하잖아. 난 엄마가 차려 주는 집밥이 최고로 맛있더라."

엄마가 어리둥절한 얼굴로 물었다.

"진짜?"

"그렇다니까. 정 요리하기 싫으면 배달시켜도 돼. 집에서 노는 게 편해서 그런 거니까."

엄마는 금세 기분이 좋아졌다.

"그럼 우리 딸 생일인데 간만에 실력 발휘 좀 해 봐?"

"엄마 최고! 많이 안 부를 거니까 걱정 마. 서너 명 정도?"

창민 오빠랑 아저씨만 초대하면 소개팅이라는 게 너무 티가 날 것이다. 나는 생일 파티처럼 보이기 위해 미혜도 초대했다.

식탁에 하얀 테이블보를 깔았다. 꽃병에 빨간 장미꽃 다발도 꽂아 두었다. 그리고 불 밝힌 향초를 군데군데 놓고 잔잔한 피아

노곡을 틀었다. 엄마가 잡채를 버무리면서 말했다.

"뭔 분위기를 그렇게 내? 누가 보면 생일 파티가 아니라 미팅 하는 줄 알겠다."

나는 회심의 미소를 지으며 속으로 대답했다.

'미팅 맞아. 단, 내가 아니라 엄마가 하는 거지.'

나는 문가에 서서 가게를 둘러봤다. 애초에 엄마가 카페 같은 분식집으로 꾸며 놨기 때문에 조금만 신경 썼는데도 분위기가 괜찮았다. 엄마를 도와 잡채, 부추 새우전, 갈비찜, 샐러드 등을 접시에 담고 있는데 미혜가 가게 안으로 들어왔다.

"안녕하세요."

"어서 와. 미혜는 볼 때마다 예뻐지네."

으레 하는 인사인데도 미혜는 좋아서 헤벌쭉 웃었다.

"와, 맛있는 거 많네요. 이럴 줄 알고 아침 안 먹고 왔어요."

"잘했어. 굶으면 뭐든 맛있는 법이지. 너, 아줌마 음식 솜씨 알지?"

엄마의 말에 미혜가 킥킥댔다. 우리가 식탁을 차리고 있는데, 창민 오빠와 아저씨가 도착했다.

"실례합니다."

"안녕하세요."

둘이 나란히 인사를 하자 엄마는 얼떨결에 인사를 받았다.

"네, 안녕하세요."

그러고는 의아한 눈빛으로 나를 쳐다봤다. 사실 아저씨가 온다는 걸 엄마한테 미리 귀띔하려다가 말았다. 엄마가 부담스럽다며 안 된다고 할 수도 있으니, 차라리 현장에서 맞닥뜨리는 게 나을 것 같았다. 나는 얼른 양쪽을 소개했다.

"이쪽은 창민 오빠랑 오빠 아버지야. 저번에 오빠 집에 갔는데 아저씨가 맛있는 밥 차려 주셨거든. 이번에는 내가 대접하고 싶어서 초대했어. 이분은 저희 엄마예요."

아저씨가 어색해하며 말했다.

"은지 생일이라기에 왔습니다. 갑자기 찾아와서 놀라셨죠?"

"아니에요. 잘 오셨어요. 미리 알았으면 더 신경 썼을 텐데……."

"이만하면 진수성찬인데요, 뭐. 훌륭하십니다."

아저씨가 엄지를 치켜세우자 엄마의 입꼬리가 위로 올라갔다.

"아유, 뭘요."

역시 칭찬은 좋은 것이다. 아저씨가 내게 양손에 들고 있던 상자를 내밀었다.

"이건 은지가 받고 싶다던 선물."

"와, 감사합니다."

나는 얼른 상자를 열었다. 연두색 풀밭 같은 케이크 위에 '축 생일, 허은지'라는 글자가 생크림으로 멋들어지게 쓰여 있었다. 엄마가 눈을 동그랗게 떴다.

"세상에! 이 케이크 직접 만드신 거예요?"

"네. 치즈랑 녹차를 넣은 건데, 담백하고 고소해서 가끔 만듭니다."

"재주가 정말 좋으시네요!"

좀 더 작은 상자를 열자 색색의 쿠키들이 가지런히 놓여 있었다.

"이것도 직접?"

"별로 어렵지 않아요. 출출할 때 커피랑 같이 먹으면 맛있습니다."

이때다 싶어 내가 끼어들었다.

"저번에는 한식으로 푸짐하게 차려 주셨어. 얼마나 맛있었는데."

"그래? 못하는 게 없으시네요."

엄마가 감탄하자 아저씨가 쑥스러운 듯 웃었다. 그때 창민 오빠가 내게 쇼핑백을 내밀었다.

"이건 내 선물. 다육이라는 건데 잘 키우면 꽃도 핀대."

작은 화분 세 개에 연두색, 보라색, 다홍색 식물이 담겨 있었다. 오동통한 모습이 무슨 열매 같기도 하고 선인장 같기도 했다.

"귀엽게 생겼다. 고마워, 오빠."

미혜가 옆에서 약을 올렸다.

"과연 꽃이 필까? 화초만 샀다 하면 말려 죽이잖아."

"이번엔 잘 키울 거야. 두고 봐."

창민 오빠가 자상하게 설명을 덧붙였다.

"다육이는 빛을 좋아하니까 햇볕을 많이 쬐 주는 게 좋아. 물은 보름에 한 번 정도 주면 되는데 장마철에는 덜 주는 게 낫겠지? 한여름에 강한 햇볕에 오래 두는 것도 안 좋으니까 조심하고. 키우다가 궁금한 거 있으면 그때그때 물어봐."

나는 엄마를 도와 밥과 미역국을 떠서 식탁에 놓았다. 그러곤 아저씨가 만든 케이크에 초를 꽂고 축가를 불렀다. 엄마가 한 음식은 조금 짜거나 조금 싱겁거나 조금 기름졌다. 정작 배고프다던 미혜는 깨작댔지만 창민 오빠랑 아저씨는 먹성 좋게 잘도 먹었다. 엄마는 그런 두 사람을 흐뭇하게 바라봤다.

"참, 아저씨, 생일 선물 주셔야죠."

내 말에 엄마가 당황해서 말했다.

"얘는. 아까 받아 놓고 무슨 선물을 또 달래?"

"그런 게 있어. 기타 안 갖고 오셨어요?"

"차에 있어. 근데 여기서 노래하긴 영 쑥스럽네. 다음에 불러 줄게."

"안 돼요. 지금 해 주세요."

내가 막무가내로 조르자 아저씨는 허허 웃고는 밖으로 나갔다. 엄마가 내게 물었다.

"선물이란 게 기타 치고 노래하는 거야?"

"응. 기대해도 좋아."

아저씨가 기타를 들고 들어와서는 엄마에게 말했다.

"은지 생일 선물로 딱 한 곡만 부르겠습니다. 듣기 괴로워도 참아 주세요"

곧 기타에서 익숙한 전주가 흘러나왔다. 엄마는 첫 소절을 듣자마자 두 손을 맞잡고 어쩔 줄 몰라 했다. 엄마가 너무나 좋아하는 가수의 노래였다. 아저씨가 김광석의 '서른 즈음에'를 부르기 시작하자, 노래에 취한 듯 엄마의 눈이 게슴츠레해졌다. 노래하던 아저씨가 엄마를 보고는 미소를 지었다.

노래가 끝나자 엄마가 물개박수를 쳤다.

"정말 잘하시네요. 제가 제일 좋아하는 노랜데."

"아, 그렇습니까?"

"한 곡만 더 해 주시면 안 돼요?"

엄마가 십 대 소녀처럼 조르자, 아저씨는 흔쾌히 한 곡을 더 불렀다. 이번에도 엄마가 좋아하는 김광석의 노래였다. 내가 아저씨한테 이왕이면 김광석의 노래를 해 달라고 요청한 건 비밀! 창민 오빠랑 미혜는 분위기가 좀 이상하게 돌아간다 싶었는지 눈을 마주치고는 어깨를 으쓱했다.

생일 파티가 끝나고 엄마랑 나는 나란히 서서 설거지를 했다. 엄마가 세제로 그릇을 닦아 건네면 내가 깨끗이 헹궜다.

"창민 아빠는 정말 못하는 게 없더라. 성격도 서글서글하니 좋은 거 같고."

"한마디로 최고의 남편감이지."

내가 이렇게 말하자 엄마도 고개를 끄덕였다.

"인정! 창민이도 나이에 비해 속이 참 깊어 보이던데. 창민 엄마는 좋겠어."

"오빠 엄마는 몇 년 전에 돌아가셨대."

"아, 그랬구나……."

엄마는 한동안 말이 없다가 문득 생각난 듯 말했다.

"근데 너 수상하다?"

"뭐가?"

나는 뜨끔해서 엄마를 쳐다봤다. 혹시 내 계획을 눈치챘나?

"아까부터 창민이 칭찬만 하고. 창민이 좋아해?"

다행히 엄마는 헛다리를 단단히 짚었다.

"아니거든. 오빠랑 아저씨 칭찬은 엄마가 했잖아."

"그랬나……."

쇠뿔도 단김에 빼랬다고, 나는 곧바로 다음 계획으로 넘어갔다.

"엄마, 전부터 기타 배우고 싶댔지?"

"배우고는 싶은데 차일피일 미루게 되네. 시간도 없고."

"가게 쉬는 날 배우면 되잖아."

"일요일에 누가 기타를 가르쳐 줘?"

"내가 아저씨한테 부탁해 볼까?"

"창민 아빠한테? 휴일에 쉬고 싶을 텐데 관둬. 민폐야."

"그러니까 아저씨만 좋다면 엄마도 좋은 거지?"

엄마가 잠깐 생각하고는 대답했다.

"나야 뭐, 땡큐지."

나는 곧장 아저씨한테 전화했고 인심 좋은 아저씨는 흔쾌히 승낙했다.

기타 강습을 가장한 미팅

엄마는 방 한구석에 장식품처럼 세워 두었던 기타를 가져와 먼지를 닦았다. 당장 배울 생각에 사 놓고는 몇 년이 훌쩍 지나버렸다.

초인종이 울리자, 엄마가 기타를 들고 아래층 가게로 내려갔다. 나는 1층과 2층 계단참에 몸을 숨기고 가게 안을 엿봤다.

"어서 오세요. 휴일에 귀찮게 하는 거 아닌지 모르겠어요."

"아닙니다. 저도 심심하지 않고 좋습니다."

청바지와 티셔츠를 입고 기타를 멘 아저씨는 한결 젊어 보였다. 아저씨가 들고 온 상자를 내밀었다.

"시폰케이크 좀 만들어 왔어요."

"아유, 뭘 이런 걸 가져오셨어요?"

엄마가 상자를 열자 노르스름하고 폭신해 보이는 케이크가 나왔다.

"커피랑 먹으면 딱이겠어요. 커피 드실래요?"

"좋죠."

"새로 산 원두가 향도 좋고 진하더라고요. 잠깐 앉아 계세요."

"네, 기타 조율 좀 하고 있을게요."

엄마가 원두를 갈고 커피를 내리는 동안, 아저씨는 엄마의 기타를 조율했다. 가게에 커피 향이 번지고 아저씨의 클래식 연주가 더해지자, 훔쳐보는 나까지 기분이 말랑말랑해지는 것 같았다. 아저씨는 티타임을 갖는 동안 기타 잡는 자세나 피크 잡는 법 등을 알려 줬다. 둘만 있으면 어색할 법한데 '기타'라는 얘깃거리가 있어서인지 엄마와 아저씨는 편안해 보였다.

"그럼 음계부터 가르쳐 드릴게요. 기타는 맨 윗줄이 육 번이고 아래로 가면서 오, 사, 삼, 이, 일 번이에요. 육 번 줄에서 아무것도 안 누르고 치면 미, 육 번 줄 첫 번째 프렛을 누르고 치면 파, 세 번째 프렛을 누르면 솔……."

엄마는 서투르게 아저씨를 따라서 쳤다.

“사 번 줄에서 아무것도 안 누르고 치면 레, 두 번째를 누르면 미, 그 옆을 누르면 파, 삼 번 줄에서 그냥 치면 솔, 두 번째 프렛을 누르면…….”

더듬더듬 따라 하던 엄마가 버벅거리기 시작했다.

“아우, 헷갈려. 천천히 좀 해 주세요.”

아저씨가 느릿느릿 시범을 보였지만 엄마는 자꾸 엉뚱한 데를 눌렀다. 아저씨는 엄마 손가락을 잡아서 일일이 자리를 알려 주기까지 했다. 한동안 음계를 배우던 엄마가 불평했다.

“이거 은근히 어렵네요. 안 쓰던 머리를 썼더니 골치도 아프고, 기타가 낡아서 그런지 소리도 이상한 거 같고…….”

“배운 지 얼마나 됐다고 그래요? 괜히 멀쩡한 기타 탓하지 말고 잘 보세요. 도, 레, 미…….”

“딱 십 분만 쉬면 안 돼요? 스트레스 받으니까 달달한 게 땡기네요.”

엄마가 케이크를 푹 떠서 입에 넣자, 아저씨는 할 수 없이 기타를 내려놨다.

“알았어요. 딱 십 분이에요?”

“네. 암만해도 전 소질이 없는 거 같아요. 시간 낭비 말고 이제

라도 그만둘까요?"

커피를 마시던 아저씨가 뜨악해서 엄마를 쳐다봤다.

"아니 첫날부터 그만두겠다는 소리가 나와요? 그렇게 끈기가 없어서 뭘 하겠어요?"

아저씨가 통박을 주자 엄마가 민망한 얼굴로 말했다.

"지금 화내시는 거예요?"

"화내는 게 아니라 어이가 없어서 그럽니다."

"꼭 그만두겠다는 게 아니라, 괜히 저 때문에 피곤하실까 봐 그러죠."

"제 핑계 대지 마시고요. 배움이 느린 건 흉이 아닙니다. 끈기 없이 포기하는 게 흉이죠."

"포기한다고 한 적은 없거든요."

"방금 그만둔다고 했잖아요."

"그건, 그냥 해 본 소리예요."

"그런 소리를 그냥 왜 해요? 실없이."

아저씨가 자꾸 면박을 주자 엄마도 기분이 상한 것 같았다.

"실없다니요? 제가 그렇게 가벼워 보여요?"

"네. 적어도 무거워 보이진 않습니다."

엄마가 기가 찬 듯 아저씨를 쏘아봤다.

"이제 보니 성깔이 좀 있으시네요. 혹시 공짜로 가르쳐 준다고 생색내는 거예요? 그러게 돈 받으시라니까 굳이 안 받겠다고 하셔서……"

그 말에 아저씨의 얼굴이 붉으락푸르락했다.

"갑자기 돈 얘기가 왜 나와요? 사람 선의를 이렇게 무시해도 되는 겁니까?"

이러다 강의 첫날이 마지막이 될 판이었다. 나는 얼른 계단을 내려갔다.

"아, 배고파. 엄마, 특제 떡볶이 만들어 준다며?"

내가 나타나자 엄마와 아저씨는 입을 다물었다.

"아저씨, 금강산도 식후경이라는데 드시고 하세요. 엄마가 만든 떡볶이 진짜 맛있거든요. 엄마, 배고파. 빨리 해 줘."

엄마는 샐쭉한 얼굴로 일어나더니 주방으로 갔다.

"아저씨, 기다리는 동안 노래 좀 해 주시면 안 돼요? 기타 연주만 해도 좋아요."

아저씨가 마지못해 다시 기타를 잡았다.

"노래할 기분은 아니고, 내가 마음이 심란할 때마다 연주하는 곡이 있어."

아저씨가 잔잔한 클래식을 연주했다. 음악 덕분에 분위기가 좀 부드러워졌다. 잠시 후 엄마가 떡볶이랑 어묵탕을 내왔다. 나는 엄마 기분도 풀어 줄 겸 자랑하듯 말했다.

"엄마표 특제 떡볶이예요. 여기 야채 살아 있는 거 보이시죠?"

아저씨가 떡볶이를 입에 넣었다. 엄마는 안 보는 척하면서 아저씨를 힐끔거렸다.

"매콤달콤한 게 맛있네. 야채도 적당히 익어서 아삭하고."

엄마는 가볍게 콧방귀를 뀌었지만 기분이 좀 풀렸는지 얼굴에 미소가 감돌았다. 아저씨가 어묵탕을 후루룩 마셨다.

"아우, 국물이 아주 시원하네요."

"괜히 빈말하실 필요 없어요."

"빈말 아닙니다. 제가 원체 거짓말을 못 해요."

그러자 엄마가 언제 토라졌나 싶게 신이 나서 재잘댔다.

"멸치랑 다시마랑 무를 넣되 비율이 중요해요. 멸치는 많이 넣으면 비리니까 조금만 넣고 다시마랑 무를 많이 넣는 게 좋아요. 청양고추도 송송 썰어서……."

그런 엄마가 귀여웠는지 아저씨가 슬쩍 웃었다.

간식 시간이 끝나고 다시 기타 강습이 시작됐다. 나는 집으로 올라가는 척하며 계단참에 앉았다. 다행히 이후로는 다투지도 않고 화기애애했다. 엄마는 아저씨한테 코드 몇 개를 배운 다음, 더듬더듬 '학교 종이 땡땡땡'을 쳤다. 엄마가 어린애처럼 손뼉을 치며 좋아하자 아저씨가 너털웃음을 터뜨렸다.

엄마는 일요일마다 아저씨한테 기타를 배우더니 한 달 만에 쉬운 곡을 칠 수 있게 됐다.

"엄마, 기타 많이 늘었네."

"창민 아빠 덕분이지 뭐. 쉽게 잘 가르치더라."

"아저씨는 정말 팔방미인이야. 잘하는 것도 많고."

내가 이렇게 말하자, 그사이 아저씨랑 인사를 주고받은 언니가 한마디 했다.

"외모만 받쳐 주면 완벽한데, 아쉽다."

"언니는 맨날 외모 타령이야. 언제 철들래?"

"자고로 보기 좋은 떡이 먹기도 좋은 법이지."

나도 질세라 대꾸했다.

"빛 좋은 개살구라는 말도 있어."

그때 엄마가 슬쩍 끼어들었다.

"기왕이면 다홍치마지."

"엄마까지 왜 그래?"

내가 발끈하자 엄마가 웃으며 둘러댔다.

"농담이야. 그래도 은근히 귀여운 구석이 있더라. 웃을 때 눈이 요렇게 되는데 자꾸 보면 정들겠더라고."

엄마가 두 눈을 처진 일자로 만들며 웃었다. 언니가 눈을 가늘게 뜨고 물었다.

"엄마, 그 아저씨한테 정들었어?"

"응? 아냐, 얘."

언니가 눈을 우스꽝스럽게 일자로 만들었다.

"눈이 요렇게 되는 게 귀엽다며? 그게 어떻게 귀여울 수가 있어? 말이 돼?"

"어유, 얘는. 무슨 말을 못 해."

엄마는 밉지 않게 흘기고는 기타 코드를 연습하기 시작했다. 언니가 심각한 얼굴로 중얼거렸다.

"수상해."

내가 봐도 정말 수상했다.

생애 첫 고백

내가 교실로 들어가자 몇몇 애들이 와하하 웃었다. 나머지 애들도 대놓고 웃지는 않았지만 눈에 웃음기가 가득했다. 나는 칠판에 낙서하고 있는 남자애를 발견했다. 지난번에 내 신발주머니를 낚아챘던 장난꾸러기였다. 칠판에 조악한 그림과 함께 괴발개발 써진 글자가 보였다.

민우♡은지
우리 반 1호 공개 커플 임박!
얼음 마녀, 고백을 받아라!

황당해서 서 있는데, 뒤늦게 등교한 민우가 앞으로 뛰어나가 낙서를 지우기 시작했다. 내가 째려보자 남자애들이 찔끔해서 시선을 돌렸다. 민우가 미안한 얼굴로 나를 보더니 자기 자리에 앉았다. 그때 휴대폰으로 미혜한테서 톡이 왔다.

- 대박 사건, 민우가 너 좋아하나 봐.

- 말도 안 돼. 애들이 장난친 거지.

- 노노. 민우가 남자애들한테 말했대. 조만간 고백할지도.

- 헐. 그 말을 믿어?

민우가 날 좋아하다니, 말도 안 되는 소리였다. 민우는 공부도 잘하고 운동도 잘하고 잘생기기까지 해서 여자애들한테 인기가 많았다. 그런 민우가 나한테 관심이 있을 리도 없고 나도 남자한테 관심이 없었다. 그러고 보니 여자애들 분위기가 심상치 않았다. 몇몇 아이한테는 단단히 토라진 듯 음산한 기운이 감돌았다. 나는 주위를 둘러보며 속엣말을 했다.

'워, 워, 진정들 해. 다 뜬소문이고 장난이야.'

나도 모르게 창가 쪽에 앉은 민우한테 눈길이 갔다. 쌍꺼풀이 없는데도 큰 눈, 오뚝한 콧날, 야무진 입매. 얼굴에서 빛이 난다는 말은 이럴 때 쓰는 거겠지.

그날 저녁 민우한테 카톡이 왔다. 개인적으로 톡을 받은 건 처음이었다.

- 은지야, 뭐 해?

- 저녁 먹고 쉬는 중

- 학교에서는 미안.

- 괜찮아. 애들이 장난친 건데 뭐.

- ……

민우는 말줄임표만 보내 놓고 한동안 말이 없었다. 뭐지? 이 망설임은?

- 장난 아냐. 나 너 좋아해.

그 순간, 심장이 살짝궁 떨어졌다.

- 너한테 정식으로 고백하려고 했는데…… 망했다.

- ……

- 우리 사귈래?

갑자기 심장이 두구두구 방망이질을 해 댔다. 생애 처음으로 남자한테 고백을 받다니! 그것도 우리 반 얼짱 이민우한테!

'허은지, 정신 차려! 너 남자한테 관심 없잖아. 연애하는 거 싫잖아. 빨리 싫다고 해!'

- 응.

응? 응이라고? 나랑 상관없이 내 손가락이 저지른 짓이었다. 되돌리기엔 이미 늦었다.

다음 날은 한 달에 한 번 있는 교실 대청소 날이었다. 다 같이 하기 때문에 청소는 보통 30분 안에 끝났다. 선생님은 바쁘다며 청소 검사를 민우에게 맡기고 교무실로 갔다. 나랑 미혜가 창문을 닦고 있는데, 민우가 아이들이 맡은 구역을 확인하며 다가

왔다.

"합격, 합격, 합격……."

민우가 다가오는 기척에 심장이 또 조여들었다. 아무래도 이놈의 심장이 고장 났나 보다. 민우가 내 창문을 보고 말했다.

"합격."

그러곤 미혜의 창문을 보고 살짝 머뭇거리다가 말했다.

"불합격. 미혜는 오 분만 더 닦고 가야겠다."

그 순간 나랑 미혜의 눈이 마주쳤다. 미혜의 창문은 내 창문보다 훨씬 깨끗했다. 불합격이라니 말도 안 됐다. 게다가 민우가 이제껏 불합격이라고 말한 적은 한 번도 없었다. 그랬다가 애들한테 무슨 원성을 사려고. 아이들이 우르르 교실을 빠져나갔다. 민우가 같이 가자는 듯 나를 보고 물었다.

"은지야, 안 가?"

"응? 가야지……."

나는 대답하면서 미혜의 눈치를 봤다.

"도와줄까?"

미혜가 나랑 민우를 번갈아 보더니 새쭉한 표정으로 말했다.

"난 창문이 너어무 더러워서 갈 수가 없네. 먼저 가셔."

나는 망설이다 민우를 따라나섰다. 미혜가 쳐다보는지 뒤통수가 뜨거웠지만 모른 체했다. 나랑 민우는 나란히 운동장을 가로질렀다.

"아이스크림 먹을래? 내가 사 줄게."

"응."

우리는 학교 앞 편의점에서 아이스크림을 산 다음, 근처에 있는 작은 공원으로 갔다. 민우가 걸으면서 말했다.

"미혜한테 좀 미안하다. 사실은 너랑 있고 싶어서 일부러 그런 거야. 좀 이따 학원 가야 하거든."

"나도 알아. 앞으론 그러지 말자. 나도 찔려."

"알았어. 내일 같이 영화 볼래?"

"무슨 영화?"

"여러 개 저장해 갈 테니까 보고 싶은 거로 골라."

"영화관에서 보는 거 아냐?"

"내가 잘 가는 곳이 있어. 너랑 같이 가고 싶은데 괜찮지?"

"응. 좋아."

학원 가기 전에 자투리 시간이었지만 민우랑 함께하는 시간은 좋았다. 아이스크림을 다 먹은 뒤에도 몸속에 한참 동안 달콤함이 남아 있었다.

검은색 추리닝, 베이지색 추리닝, 하얀색 추리닝, 줄무늬 추리닝, 후드 추리닝……. 색상이랑 디자인이 조금씩 다를 뿐 서랍 안에 있는 건 죄다 추리닝이었다. 옷을 사러 나갈 때마다 이상하게 추리닝만 손에 잡혔다. 나는 언니 방으로 가서 옷장을 열어 봤다. 하늘하늘 여성스러운 옷들뿐이었다. 몇 개 꺼내서 몸에 대 봤지만 낯간지러워서 입을 수가 없었다. 어쩔 수 없이 제일 세련돼 보이는 추리닝을 입고 있는데 카톡이 연달아 왔다. 휴대폰에 옷 사진들과 함께 미혜의 메시지가 떴다.

- 어떤 게 제일 예뻐?

- 두 번째. 어디 가?

- 잊었어? 오늘 냉면집 가기로 했잖아.

아차, 까맣게 잊고 있었다. 오늘 미혜랑 BTS가 다녀갔다는 냉면집에 가기로 했었는데……. 가수를 좋아하는 건 알겠는데 왜 그 가수가 먹었다는 음식까지 먹으려는 건지 모르겠다. 아무튼 미혜랑 한 약속이 먼저니까 당연히 민우와의 약속은 취소해야 했다. 하지만 손가락이 또 바보짓을 저질렀다.

- 미안. 난 오늘 못 가.

- 뭐? 왜?????

- 엄마랑 할머니네 가야 돼. 할머니가 오늘 꼭 오라고 하셔서.

- 다음에 가면 안 돼? 오늘만 기다렸단 말야ㅠㅠㅠ

- 미안^^; 다음 주에 가자, 응?

- 너무해 너무해 너무해 잉잉

남친 만나려고 미혜한테 거짓말을 하다니, 내가 생각해도 한심했다.

나는 동네에서 멀지 않은 산으로 향했다. 사람들이 운동이나 산책 삼아 오르는 야트막한 산인데, 민우랑 산 입구에서 만나기로 했다. 민우는 먼저 와서 기다리고 있었다. 교복이 아닌, 티셔츠랑 면바지를 입은 민우는 학교에서 볼 때보다 발랄해 보였다.

"어서 와. 조금만 올라가면 돼."

나는 민우와 함께 산을 올랐다. 민우는 이십 분쯤 올라가다가 산책로에서 벗어나 안쪽으로 들어갔다. 그곳에 작은 공터가 있었다. 나무 그늘 아래 벤치도 놓여 있었다. 벤치에 앉자 동네가 한눈에 내려다보였다.

“와, 여기 좋다.”

“그치? 주말에 가끔 와서 영화 보는 곳이야. 난 극장보다 여기가 더 좋더라. 해질녘에 오면 노을도 볼 만해.”

민우가 가방에서 콜라랑 팝콘, 귤을 꺼냈다.

“이런 것도 준비했어? 난 그냥 왔는데.”

“괜찮아. 내가 초대한 거잖아. 평소에는 휴대폰으로 보는데 오늘은 아빠 태블릿을 빌려왔어. 너랑 보려면 화면이 좀 커야 할 것 같아서.”

민우가 태블릿에 저장된 파일들을 보여 줬다.

“이 중에서 골라 봐. 멜로, 액션, 에스에프, 판타지까지 다 있어.”

“오늘은 네가 보고 싶은 거 보자. 이렇게 준비까지 해 왔는데 내가 양보해야지.”

“그럼 러브 스토리 볼까?”

“러브 스토리? 그거 사랑 얘기지?”

단둘이 앉아 사랑 영화를 본다니 왠지 쑥스러웠다.

"응. 부모님이 태어나기 전에 만들어진 영환데 고전 멜로 영화 중에 손꼽히는 작품이래. 전부터 보고 싶었거든."

"영화를 굉장히 좋아하는구나?"

"응. 영화감독이 꿈이야. 많이 봐 둬야 좋은 영화를 만들지."

벌써 꿈이 있다니, 민우가 대단해 보였다. 나는 민우랑 이어폰을 나눠 끼고 '러브 스토리'를 봤다. 바람은 살랑살랑 불고, 귤은 새콤달콤하고, 영화는 고리타분하지 않고 재밌었다. 옛날치고는 당차고 통통 튀는 여주인공 캐릭터도 마음에 들었다.

"올리버나 제니처럼 사랑에 빠질 수 있을까?"

"그럼. 진실한 사랑은 어디에나 있지."

"요즘엔 다들 빨리 만나고 빨리 헤어지는 것 같아. 애들만 봐도 그렇잖아."

어제까지만 해도 커플이라며 닭살 돋게 굴던 애들이 다음 날 갑자기 생까는 걸 여러 번 봤다.

"사실은 작년 여름부터 너 좋아했어. 도서관에서 자주 공부했었거든."

작년에 나도 책을 빌리고 반납하느라 도서관에 자주 갔었다.

그렇다면 꽤 오랫동안 나를 좋아했다는 건데……. 민우가 수줍게 말을 이었다.

"그러니까 너를 좋아하는 내 마음은 가볍지 않다는 거야."

갑자기 뺨이랑 귓불이 달아올랐다. 민우라면 다른 애들이랑 다를지도 모른다는 생각이 들었다.

뜻밖의 결별

엄마는 늦은 아침을 먹은 뒤 기타를 연습하느라 바빴다. 이제는 제법 능숙해져서 코드를 바꿔 잡을 때 시간이 덜 걸렸다. 나는 잠시 엄마를 바라보다가 물었다.

"엄마, 영화 러브 스토리 봤어?"

"러브 스토리? 당연히 봤지."

"제니랑 올리버, 정말 대단한 거 같아. 평생 한 사람만 사랑하잖아."

엄마가 기타를 치다 말고 쳐다봤다.

"평생 한 사람만? 제니는 불치병으로 죽었으니까 그렇다 치고 올리버는 아니지."

"아니라고?"

"당연하지. 좋은 여자 만나서 또 사랑에 빠졌겠지."

"사람들이 다 엄마 같은지 알아?"

나도 모르게 엄마 얘기를 꺼내 놓고는 아차 싶었다. 엄마가 불쾌한 기색 없이 선선히 물었다.

"엄마가 어때서?"

내가 머뭇거리자 엄마가 먼저 말을 꺼냈다.

"너, 러브 스토리 나오고 몇 년 뒤에 속편 나온 거 알아?"

"속편이 나왔어?"

"응. 제목이 올리버 스토리였나? 아무튼 그 영화에서는 올리버가 다른 여자를 만나서 사랑에 빠진대. 나도 직접 본 건 아니고 기사에서 봤어."

평생 제니를 못 잊을 것 같더니……. 아무리 영화라도 실망스러웠다.

"그래서 하고 싶은 말이 뭔데?"

"엄마는 행복하게 살고 싶어. 의무감에 억지로 사는 것도 싫고 남들 신경 쓰는 것도 싫어. 마음이 가는 대로 솔직하게 사는 게 좋아."

"엄마만 생각해? 나랑 언니는?"

그때 언니가 수건으로 젖은 머리를 말리며 화장실에서 나왔다.

"난 빼 줘. 난 엄마만 행복하면 돼."

"언니는 참견하지 마."

"넌 누구 닮아서 그렇게 고지식하니? 타임머신 타고 조선 시대로 가시든지."

언니는 혀를 쏙 내밀고 방으로 들어갔다. 아래층에서 초인종 소리가 들리자, 엄마가 기타를 들고 일어났다.

"석기 씨 왔나 보다."

엄마가 더듬더듬 기타를 치며 노래를 불렀다.

"잘했어요. 실력이 많이 늘었네요."

아저씨의 칭찬에 엄마가 들뜬 목소리로 말했다.

"다 훌륭하신 선생님 덕분이죠."

"제가 좀 잘 가르치죠?"

"저도 잘 배우고요."

친해져서 그런지 두 분은 쿵짝이 잘 맞았다.

"참, 애창곡이 있다고 했죠? 다음에는 그걸 배워 볼까요?"

"정말요? 아이, 좋아라."

엄마가 천진난만하게 웃자 아저씨도 껄껄 웃었다. 계단참에서 훔쳐보던 나는 둘이 부쩍 가까워진 것 같아 다행이다 싶으면서도 한편으로는 씁쓸했다.

그때 가게 문이 드르륵 열리더니 태성이 아빠가 불쑥 들어왔다. 하필 이럴 때 찾아올 게 뭐람! 엄마가 조금 난처한 얼굴로 물었다.

"여긴 웬일이에요? 오늘 만나기로 한 적 없는데."

태성이 아빠는 못마땅한 얼굴로 엄마와 아저씨를 번갈아 봤다.

"요새 자꾸 약속을 미루기에 궁금해서 찾아왔어요. 많이 바쁜가 봐요?"

"말했잖아요. 기타 배운다고."

"기타 선생이 남자였어요?"

"네. 그것도 이미 말했어요."

"나 만날 시간은 없고 이 작자한테 기타 배울 시간은 있어요?"

그러자 내내 민망한 얼굴로 앉아 있던 아저씨가 한마디 했다.

"초면에 이 작자라니, 결례 아닙니까?"

태성이 아빠는 아저씨의 말은 싹 무시한 채 엄마만 상대했다.

"기타는 핑계고 사실은 이 작자랑 연애하는 거 아니에요?"

"그런 거 아니에요."

엄마가 뭐라고 하든 아저씨는 계속 빈정댔다.

"아니긴 뭐가 아니에요? 그러니까 이게 말로만 듣던 양다리 걸치기네요?"

아저씨가 참지 못하고 나섰다.

"말이 심하시네요. 그냥 기타 배우는 거라고 하잖아요."

"댁은 빠져요!"

태성이 아빠가 무례하게 굴자 결국 엄마도 폭발하고 말았다.

"희준 씨 이렇게 속 좁고 예의 없는 사람이었어요? 다짜고짜 쳐들어와서 남의 말은 듣지도 않고 자기 할 말만 하고. 게다가 양다리요? 내가 그렇게 개념 없는 여자로 보여요?"

"네! 아주 헤퍼 보여요!"

엄마는 충격을 받은 듯 잠시 말이 없었다.

"이, 이봐요, 반띵 아저씨!"

"반띵 아저씨?"

"그래요, 반띵! 커피도 반띵, 영화도 반띵, 밥값도 반띵, 뭐든 반띵이잖아요. 반띵 반띵 할 때부터 좀스러운 거 알아봤어야 하는 건데. 차라리 잘됐네요. 여기서 끝내요!"

"끝내자면 누가 무서울 줄 알아요? 씀씀이 헤플 때부터 사람 헤픈 것도 알아봤어야 하는 건데. 난 빠질 테니까 똥인지 된장인지 잘 만들어 보세요!"

태성이 아빠는 악담을 퍼붓고 가게 밖으로 나갔다. 가게 문이 부서질 듯 닫혔다. 엄마는 한 대 얻어맞은 사람처럼 멍하니 서 있었다. 아저씨가 어이없다는 듯 중얼거렸다.

"이거 참, 졸지에 똥 됐네."

엄마는 아저씨 보기 무안해서 얼굴을 붉혔다.

"미안해요."

"아닙니다. 저 때문에 괜한 오해를 산 거 같아 미안합니다."

"차라리 잘됐어요."

"네, 오늘 보니 잘 헤어지셨네요. 어디 가서 맥주나 한잔할래요? 제가 위로주 살게요."

"안 그래도 시원한 맥주가 땡기던 참이에요. 저 때문에 험한 말 들으셨으니 술은 제가 살게요."

엄마랑 아저씨는 그렇게 의기투합해서 밖으로 나갔다.

그날 밤 엄마의 휴대폰으로 문자가 왔다. 태성이 아빠가 보낸 메시지였다. 그동안 선물한 목걸이와 귀걸이 값을 돌려 달라는 내용이었다. 그것도 엄마랑 태성이 아빠가 반반씩 부담해서 산 거라고 했다.

"선물값을 반씩 내는 게 어딨어? 그런데도 만난 거야?"

"계산이 정확한 게 나쁜 건 아니잖아. 그때는 그런가 보다 했지."

"엄마도 선물한 거 있으면 돌려 달라고 해."

"똑같은 사람 되기는 싫어. 얼굴은 버터에 빠졌다 나온 것처럼 느끼하게 생겨 갖고 하는 짓도 좀스러워. 어유."

내가 한마디 거들었다.

"난 버터보다 구수한 된장찌개가 좋더라. 오래 먹어도 안 질리고."

"그건 나도 그래!"

엄마는 태성이 아빠에게 백 원짜리까지 계산해서 정확히 반을 송금했다. 돈을 보냄과 동시에 가슴 한구석에 남아 있던 미련도 깨끗이 사라졌다고 했다.

사랑의 맹세

나는 교실로 들어서면서 미혜한테 손을 흔들었다. 하지만 미혜는 싸늘하게 내 눈길을 외면했다.

'왜 저러지? 내가 뭘 잘못했나?'

몇 가지 걸리는 게 있긴 했다. 민우가 미혜한테 유리창 청소를 더 시킨 것, 미혜와 약속을 깨고 민우를 만난 것. 속으로 켕겨서 미혜한테 말을 못 걸고 있는데, 뒷자리 친구가 내게 물었다.

"너, 이민우랑 산에 갔다며?"

"누가 그래?"

"윤정이가 엄마랑 산에 갔다가 봤대."

윤정이가 다른 아이와 얘기하면서 나를 힐끔거리는 게 보였다.

동네 사람들이 자주 가는 산이라 불안하긴 했지만 하필 우리 반 아이한테 들킨 것이다. 나는 조심스레 미혜에게 말을 걸었다.

"미혜야, 있잖아……."

미혜는 눈도 안 마주치고 차갑게 내뱉었다.

"배신자. 말 걸지 마."

나는 하루 종일 미혜의 눈치를 봤다. 미혜는 다른 아이하고만 얘기하고 급식실에도 다른 아이랑 갔다. 나는 점심을 먹는 둥 마는 둥 하고 운동장으로 나왔다. 벤치에 앉아 책을 펼쳤지만 글이 눈에 들어오지 않았다. 미혜가 옆에서 재잘재잘 떠들어도 잘만 읽었었는데……. 운동장에서 축구를 하던 민우가 나를 발견하고 손을 흔들었다. 나도 손을 흔들어 주었다.

"재가 그렇게 좋아? 친구도 배신할 만큼?"

언제 왔는지 미혜가 옆에 서 있었다. 나는 미혜가 말을 걸어 준 게 고마워서 냉큼 대답했다.

"미안해. 입이 열 개라도 할 말이 없어."

"내 유리창 엄청 깨끗했어. 알지?"

나는 고개를 끄덕였다.

"나한테 거짓말한 거 알았을 때 너랑 절교하려고 했어. 너무 화가 났거든."

"나라도 그랬을 거야."

남자친구 때문에 단짝 친구를 모른 체하다니, 백번 생각해도 내 잘못이었다. 내가 두 손을 싹싹 비비자, 미혜가 한숨을 내쉬었다.

"어휴, 뭘 어쩌겠니? 사랑에 눈이 멀어서 그런걸. 마음이 태평양인 내가 참아야지."

나는 반색하며 미혜의 팔짱을 끼었다.

"정말? 나 용서해 주는 거야?"

"대신 맛있는 거 사."

"당연하지. 역시 넌 성인군자야."

미혜가 민우를 턱짓하며 말했다.

"아무리 좋아도 너무 믿지는 마. 언제 변할지 모르니까."

"민우는 안 그래."

내가 단호하게 말하자 미혜가 샐쭉한 얼굴로 쳐다봤다.

"그걸 어떻게 알아?"

"만나 보니까 생각이 참 깊더라고. 게다가 작년 여름부터 날 좋아했대."

"그렇게 자신 있으면 애들 앞에서 맹세라도 하든지."

"무슨 맹세?"

"당연히 사랑의 맹세지. 왜, 자신 없어?"

미혜가 약 올리듯 묻는 바람에 나도 모르게 큰소리를 쳤다.

"그깟 맹세, 하면 되잖아."

나와 민우는 순식간에 아이들에게 둘러싸였다. 아이들이 호기심 어린 눈빛으로 우리를 쳐다봤다. 어쩌다 일이 이렇게 됐는지 모르겠다. 아까 내가 맹세한다고 큰소리를 치자마자 미혜는 쪼르르 교실로 올라갔다. 그러곤 아이들에게 소리쳤다.

"얘들아, 민우랑 은지가 사랑의 맹세한대. 육 교시 끝나면 다들 뒤뜰로 모여."

아이들은 환호성을 지르고 휘파람을 불고 난리였다. 그 소식은 삽시간에 퍼져 운동장에 있던 민우의 귀에도 들어갔다. 민우는 나 혼자 저지른 일에 화를 낼 법도 한데 별말이 없었다. 6교시가 끝나자 나랑 민우는 아이들에게 등 떠밀려 뒤뜰로 나왔다. 그리고 이렇게 우리에 갇힌 원숭이 신세가 된 것이다. 미혜가 사회자라도 된 듯 말했다.

"자, 지금부터 사랑의 맹세를 하겠습니다. 허은지와 이민우는 저를 따라 하세요."

미혜가 손바닥을 앞으로 보이며 각진 목소리로 말했다.

"선서!"

나는 창피해서 기어들어 가는 소리로 따라 했다.

"……선서."

나와 달리 민우는 손바닥을 쫙 펴고 씩씩하게 말했다.

"선서!"

여기저기서 애들이 키들키들 웃어 댔다.

"나, 허은지와 이민우는 비가 오나 눈이 오나 바람이 부나, 서로를 아끼고 사랑할 것을 맹세합니다."

"맹세합니다."

"맹세합니다!"

"이렇게 여러 사람 앞에서 맹세해 놓고 배신하면 인간이 아닙니다. 그래도 맹세합니까?"

"네."

"네!"

"그럼 정말로 맹세를 지킬 수 있는지 확인해 보겠습니다. 침 한

번 뱉고 코끼리 자세로 열 바퀴 도세요."

나는 어이가 없어서 물었다.

"그딴 걸 왜 하는데?"

"창피해? 이 정도도 못 하면서 무슨 맹세를 지킨다는 거야?"

"코끼리 자세랑 맹세랑 무슨 상관이야?"

"하기 싫으면 관둬. 맹세를 지킬 의지가 없는 걸로 알겠어."

미혜가 얄밉게 말하자, 구경하던 아이 하나가 "코끼리! 코끼리!"를 외쳤다. 그러자 다른 애들도 구호처럼 '코끼리!'를 외쳐 댔다. 그때 민우가 내게 말했다.

"은지야, 그냥 빨리하고 끝내자. 재밌겠는데 뭐."

민우는 바닥에 침을 퉤 뱉더니 코끼리 자세로 돌기 시작했다. 민우가 빙글빙글 도는 걸 보고 나도 하기로 마음먹었다. 나 때문에 벌어진 일인데 불평 없이 따르는 민우가 믿음직스러웠다. 나는 일부러 미혜 발치로 침을 퉤, 뱉었다. 미혜가 침을 피하느라 팔딱 뛰자, 애들이 웃음을 터뜨렸다. 나는 코끼리 자세로 뱅뱅 돌다가 어지러워 쓰러질 뻔했다. 민우가 재빨리 나를 잡아 줬다. 역시 남자친구 하나는 든든하게 잘 뒀다.

"자, 이제 사랑의 증표를 교환할 차례야. 지금 갖고 있는 것 중에서 가장 아끼는 걸 서로에게 주는 거야."

나는 뭘 줄까 고민하다가 필통에서 깃털 펜을 꺼냈다. 은색 펜촉에 바다색 깃털이 달린 펜으로, 해리포터 편집 숍에서 용돈을 털어 산 것이다. 미혜가 빌려 달라는 데도 거절했을 정도로 아끼는 펜이었다. 펜을 본 미혜의 표정이 새침해졌다. 민우는 가방에서 무선 이어폰을 꺼냈다. 어제 새로 장만했다면서 내게 자랑하던 거였다.

"자, 받아. 너한테 주는 거라 아깝지 않다."

나는 이어폰을 받고 깃털 펜을 건넸다.

"내가 정말 아끼는 거야. 나도 하나도 아깝지 않아."

우리를 지켜보던 미혜가 말했다.

"지금 교환한 물건은 잃어버리지 말고 절대 누구에게 주면 안 돼. 알았지?"

나랑 민우는 서로를 바라보며 미소 지었다.

'걱정 마. 그런 일은 절대 없을 테니까!'

고추장 서약서

늦은 밤에 가게 문을 닫고 엄마는 외출 준비를 했다. 아저씨랑 영화를 보러 가기로 했단다. 일요일도 아닌데 아저씨를 만나다니, 둘이 꽤 친해진 것 같았다.

"엄마, 아저씨랑 정식으로 사귀는 거야?"

"그냥 영화 한 편 보는 거야. 내가 영화 보고 싶다니까 석기 씨가 예매했더라고."

엄마가 보고 싶은 영화를 왜 아저씨가 예매해? 영화 보는 게 목적이라면서 화장은 왜 그렇게 진해? 수상하다 싶었는데, 영화 한 편이 두 편이 되고 세 편이 됐다. 내가 소개팅을 주선한 셈이지만 막상 둘이 만나는 걸 보니 불안했다. 그래서 생각해 냈다.

"서약서?"

"이게 무슨 뚱딴지 같은 짓이야?"

내가 내민 종이를 본 아저씨와 엄마가 어리둥절해서 물었다. A4 용지 윗부분에 굵은 글씨로 '서약서'라고 쓰여 있었다. 엄마와 아저씨가 각별해지기 전에 다짐을 받아 놓고 싶었다. 미혜 덕에 졸지에 '사랑의 맹세'를 하고 났더니 '서약서'라는 아이디어가 떠올랐다.

"결혼식 하기 전에 약혼식 하는 거랑 비슷해. 본격적으로 사귀기 전에 서약서를 써 놓는 거지."

엄마가 눈을 흘기며 핀잔을 주었다.

"엉뚱하기는. 이런 거 할 시간에 책이나 읽어."

"일단 은지 얘기부터 들어봐요. 왜 이런 생각을 했는지."

무턱대고 야단치는 엄마와 달리, 역시 아저씨는 신중했다.

"엄마가 또 상처받을까 봐 그래요."

내 말에 엄마가 난처한 표정을 지었다.

"엄마가 언제 상처를 받았다고 그래? 아빠 때문에? 아빠랑 엄마는 서로 합의하고 평화롭게 헤어진 거야."

"그렇게 생각하면 마음이 편해? 난 다 알아. 사실은 아빠가…….”

“은지야!”

엄마가 엄한 목소리로 부르는 바람에 나는 입을 다물었다. 아저씨가 뭔가 생각하는 눈치더니 볼펜을 잡았다.

“그래, 은지 마음 알겠다. 뭐라고 쓰면 되니?”

“석기 씨까지 왜 그래요? 애가 철없이 구는 거 갖고…….”

나는 애도 아니지만 철없이 구는 건 더더욱 아니다. 엄마가 내 진심을 몰라주니 서운했다.

“엄마 생각하는 마음이 기특하잖아요. 자, 뭐라고 쓸까?”

아저씨가 이렇게 말했을 때 서약서 따위 집어치울까 하는 생각도 들었다. 아저씨는 쉽게 변하거나 배신할 사람 같지 않았다. 하지만 이왕 시작했으니 끝을 보기로 했다. 나는 어젯밤에 생각해 둔 걸 읊었다.

“나 이석기는 맹세합니다.”

“……나 이석기는 맹세합니다.”

아저씨는 내 말을 따라 하며 종이에 글씨를 써 나갔다.

“한경애와 만나는 동안 성심성의껏 대할 것이며.”

“……대할 것이며.”

엄마는 팔짱을 낀 채 어이없다는 듯 지켜봤다.

"만약 한경애를 사랑하게 되면 절대로 배신하지 않을 것입니다."

그때 엄마가 또 딴지를 걸었다.

"사랑할지 안 할지 모르는데 배신하지 말라고? 그게 말이 돼?"

"그러니까 만약이라고 했잖아."

"석기 씨가 장단을 맞춰 주니까 애가 버릇없이 굴잖아요."

"난 재밌는데요, 뭘."

아저씨의 말에, 나는 살짝 기분이 상했다.

"지금 장난하는 거 아니거든요. 이거 무지하게 진지한 거예요."

아저씨가 얼른 웃음을 거두었다.

"알았다. 최대한 진지하게 할게."

"맨 밑에 날짜랑 이름도 쓰세요."

아저씨가 몇 자 끄적이고는 서약서를 내밀었다.

"이제 됐어?"

"아뇨. 지장도 찍어야죠. 손가락 살짝 깨물어서 피 나오게 할 수 있어요?"

"피?"

엄마랑 아저씨가 동시에 물었다.

"네. 애초에 혈서로 쓰려다가 그건 좀 아플 것 같아서 지장만 찍기로 한 거예요. 깨무는 게 겁나면 바늘로 살짝 찔러도 돼요."

"야!"

엄마가 별안간 소리를 지르는 바람에 나는 움찔 놀랐다.

"보자 보자 하니까 애가 막 나가네. 석기 씨, 그만 해요."

아저씨도 난처한 기색이었다.

"은지야, 내가 피만 보면 메스꺼워서 말이야. 그냥 인주로 찍으면 안 될까?"

나는 좀 탐탁지 않았지만 엄마가 째려보는 바람에 어쩔 수 없었다.

"알았어요. 그럼 인주로 해요."

엄마가 퉁명스럽게 대꾸했다.

"인주 다 썼어. 급하면 고추장으로 하든지."

"고추장? 엄만 이게 장난으로 보여?"

내가 화나서 쏘아붙였지만 엄마는 아랑곳하지 않았다.

"싫으면 말고."

언제부터 듣고 있었는지 언니가 고추장 종지를 탁자 위에 탁

내려놨다.

“여기 고추장 대령이요!”

빨간 고추장이 나를 비웃는 것 같았다. 내가 언니를 째려보자 언니가 턱을 빳빳이 들고 말했다.

“뭐? 다른 방법 있어?”

엄마가 휴대폰으로 시간을 확인하더니 자리에서 일어났다.

“이러다 극장에 늦겠네. 석기 씨, 일어나요.”

서약서에 고추장이라니, 아무리 생각해도 우스웠다. 하지만 시간도 없고 인주도 없었다.

“알았어요. 그냥 고추장으로 찍어요.”

아저씨가 내 눈치를 보며 물었다.

“정말 그래도 되겠어?”

나는 풀이 죽어 대답했다.

“할 수 없죠, 뭐.”

아저씨는 엄지손가락에 고추장을 묻히고 ‘이석기’라는 이름 옆에 지장을 찍었다. 그나마 지장이 잘 나와서 다행이었다. 아저씨가 물었다.

“이제 가도 되지?”

"네."

엄마랑 아저씨는 귀찮은 혹이라도 떼듯 홀가분한 표정으로 나갔다. 언니가 둘의 뒷모습을 보며 말했다.

"두고 봐. 한 달 안에 깨진다."

"왜 그런 소릴 해?"

"이딴 거 백 장을 써 봐라. 안 될 일이 되나. 엄마랑 아저씨는 아무리 봐도 안 어울려. 곰과 여우라고."

"어울리거든!"

"안 어울려."

"어울린다니까!"

내가 발끈해서 소리치자 언니는 쯧쯧쯧 혀를 차고는 위층으로 올라갔다. 나는 멀어지는 아저씨와 엄마를 바라봤다. 아저씨는 두루뭉술하고 엄마는 홀쭉했다. 언니 말처럼 곰과 여우 같았다. 생김새도 성격도 다르지만 뭐 어떤가? 곰이랑 여우랑 사귀지 말라는 법도 없는데!

나는 아저씨가 쓴 서약서를 살펴봤다. 매콤짭짤한 고추장 냄새만 빼고는 완벽했다.

빨간 자동차의 저주

학교에서 돌아왔더니 가게 앞에 빨간 자동차가 서 있었다. 다른 사람 차인 줄 알고 지나치려는데 언니가 차창 밖으로 얼굴을 내밀었다.

"은지야, 타!"

깜짝 놀라서 차 안을 보니 운전석에 엄마가 앉아 있었다.

"웬 차야?"

언니가 신이 나서 말했다.

"우리 차야. 죽이지?"

"우리 차?"

나는 차를 다시 살펴봤다. 홍옥처럼 빨간 차는 반질반질 윤이

나고 흠집 하나 없었다. 언니가 의기양양해서 말했다.

"내가 빨간색으로 하자고 했어. 잘했지?"

"차는 나중에 산다며?"

내가 묻자, 엄마가 생긋 웃으며 대답했다.

"어차피 한 대 있어야 할 거 같아서 그냥 질렀어."

차가 있으면 여러모로 편리할 것이다. 할머니 댁에 가려면 버스 타고 전철 타고 또 버스를 타야 했는데, 이제는 집 앞에 세워 둔 차만 타면 된다. 무엇보다 셋이 낑낑대며 시장바구니를 들고 오지 않아도 된다. 하지만 이런 차는 꽤 비쌀 텐데…….

"돈은 어디서 났어?"

"쪼그만 게 별걱정을 다 하네. 삼십육 개월 할부로 샀으니까 걱정 마."

언니가 옆에서 거들었다.

"아저씨가 조금 깎아 줬대. 내비게이션도 공짜로 주고."

"이 차 아저씨한테 산 거야?"

"응. 석기 씨는 실적 오르고 우리는 차 생기고, 일석이조지."

삼십육 개월 할부라니 좀 찜찜했지만 차가 생겨서 좋긴 했다.

"차 뽑은 기념으로 한번 달려 볼까?"

"예이! 은지야, 얼른 타."

언니가 환호성을 질렀다. 첫 시승식에 빠질 수는 없지! 나는 냉큼 뒷자리에 올라탔다. 엄마가 서서히 후진하면서 핸들을 돌렸다. 그 순간 뒤쪽에서 빠지직, 기분 나쁜 소리가 났다. 엄마는 놀라서 차를 세우고 밖으로 나갔다. 언니랑 나도 급히 차에서 내렸다. 뒤쪽 범퍼가 전봇대에 부딪쳐서 찌그러져 있었다. 전봇대가 있는 걸 못 보고 후진한 것이다. 우리는 황당해서 할 말을 잃었다. 엄마의 차는 시승식도 하기 전에 카센터 신세가 됐다. 낙천적인 엄마는 액땜 한번 잘했다며 억지로 웃었지만 나는 왠지 께름칙했다.

휴일이라 가게 안은 조용했다. 언니는 친구 만나러 나가고 엄마도 아저씨를 만나러 나갔다. 나는 가끔 가게에서 책을 읽는다. 책 읽다 지루해지면 유리창을 통해 바깥 거리를 구경하곤 한다. 혼자 호젓한 시간을 보내고 있는데 갑자기 가게 문이 덜컹 열렸다. 엄마가 화난 얼굴로 들어왔고 곧이어 아저씨도 따라 들어왔다.

"그게 그렇게 화낼 일이에요?"

"한두 번이 아니니까 그러죠. 사람이 어쩜 그렇게 매너가 없어요?"

분위기가 심상치 않았다. 나는 얼른 책을 들고 계단으로 올라갔다. 그러고는 계단참에 쪼그리고 앉아 엄마와 아저씨의 대화를 엿들었다.

"생리적인 현상인데 어떻게 합니까?"

"좀 참으면 되잖아요. 다른 데 가서 뀌고 오든지."

"참으면 배탈 나요. 영화 보다가 나가는 것도 민폐고."

"석기 씨는 시원할지 모르지만 전 기분 더럽다고요."

순간 아저씨의 얼굴이 굳었다.

"그러니까 그 말은, 내가 더럽다는 거예요?"

엄마는 새침한 표정으로 아무 대꾸도 하지 않았다.

"참나, 경애 씨는 똥 안 싸고 방귀 안 뀝니까?"

엄마는 헛웃음을 짓고 쏘아붙였다.

"당연히 나도 방귀 뀌고 똥 싸죠. 그래도 다른 사람 앞에서는 참는다고요. 그게 예의잖아요. 아까 사람들이 눈치 주는 거 몰랐죠? 괜히 나만 의심받고. 아유, 망신스러워!"

엄마의 따발총 공격에 아저씨의 얼굴이 붉으락푸르락했다.

"아, 그렇게 예의 바른 분이 툭하면 다른 사람이랑 비교하는군요?"

"내가 언제요?"

"저 남자는 키가 크네, 이 남자는 다리가 기네, 저 사람은 옷을 잘 입네, 아주 귀에 딱지 앉겠어요. 그게 다 나 들으라고 하는 소리잖아요!"

엄마가 기가 찬 듯 대꾸했다.

"별생각 없이 한 말 갖고 왜 그래요? 혹시 자격지심 있어요?"

"자격지심? 내가 그런 게 왜 있어요?"

"없다니 다행이네요. 그럼 기분 나쁠 이유도 없잖아요?"

"말귀를 못 알아들으시네요. 그러니까 요지는 상대방 생각해서 말을 좀 가려서 하라 이겁니다."

"말귀가 뭐 어떻다고요? 말 함부로 하실 거예요?"

"내가 뭐 틀린 말 했습니까?"

엄마랑 아저씨는 팽팽히 서로를 쏘아봤다. 엄마가 손가락으로 문을 가리키며 말했다.

"나가요!"

"네, 안녕히 계십쇼."

아저씨는 기세등등해서 나가 버렸다. 고작 방귀 때문에 저렇게 싸우다니, 나는 어이가 없었다.

소파에 누워 휴대폰으로 웹툰을 보고 있는데 언니가 호들갑스럽게 다가왔다.

"빅뉴스! 빅뉴스! 엄마랑 아저씨 완전히 깨졌대."

"그냥 다툰 거겠지."

"아니라니까. 내가 뭐랬어? 둘이 안 어울린다고 했지?"

"언니는 둘이 안 돼서 좋아?"

"누가 그렇대? 네가 뭘 몰라서 그러는데 사랑에 빠지려면 눈에 콩깍지가 씌어야 하는 거거든. 근데 엄마랑 아저씨는 너무 이성적이야. 떨림이 네버, 일도 없어."

나는 뭐라고 쏘아붙이려다 관뒀다. 언니랑 입씨름해 봐야 열만 받을 게 뻔했다.

나는 분위기를 살필 겸 아래층으로 내려갔다. 엄마가 주방 물건들을 정리하고 있었다.

"엄마, 아저씨랑 헤어진 거 아니지?"

"헤어지고 자시고가 어딨어. 진지하게 사귀지도 않았는데."

"그동안 잘 만났잖아?"

"좋은 사람이긴 한데 도저히 연애 감정이 안 생기더라. 석기 씨는 뭐랄까, 앙꼬 없는 찐빵 같아. 엄만 좀 달달하고 매콤하고 짭짤한 게 좋거든."

무슨 뜻인지 알 것 같았지만 나는 퉁명스럽게 대꾸했다.

"그런 건 금방 질리잖아. 몸에도 안 좋고."

엄마가 어깨를 으쓱하고 말했다.

"아무튼 늘 입던 옷을 또 입으면 기분이 안 나지."

음식 얘기를 했다가 옷 얘기를 했다가, 엄마의 말은 종잡을 수가 없었다.

"그러니까 아저씨랑 같이 있으면 떨림이 없다는 거야?"

"바로 그거야. 떨림이 네버, 일도 없어."

"엄마랑 언니는 어쩜 그렇게 똑같아? 철이 없어, 철이!"

엄마가 장난스레 히쭉 웃었다.

"엄만 칠십이 넘어도 철부지처럼 살 건데? 철들면 재미없잖아."

나는 참지 못하고 쏘아붙였다.

"그렇게 철이 없으니까 아빠랑 헤어졌지. 첫눈에 반하면 뭐 해?

어차피 헤어질 건데.”

엄마가 대수롭지 않게 말했다.

“만났다가 헤어지고 또 만나고, 그러면서 사는 거지.”

“뭐가 그렇게 가벼워? 한 번 좋아하면 끝까지 좋아해야지. 변하면 배신이잖아!”

나는 화가 나서 집으로 올라왔다. 낭만 타령만 하고 무책임한 엄마가 꼴 보기 싫었다. 내 방 책상에 엎드려 훌쩍대고 있는데, 언니가 빼꼼히 문을 열고 물었다.

“바보야, 왜 질질 짜고 그래?”

“상관 마.”

“엄마, 바람 쐰다고 나갔어. 안 그래도 심란할 텐데 왜 속을 긁니?”

나는 일어나서 창밖을 내다봤다. 저만치 걸어가는 엄마의 뒷모습이 보였다. 철부지 같은 엄마가 미웠다가도 쓸쓸히 혼자 걷는 모습을 보니 안쓰러웠다. 그때 창틀에 놓인 화분이 눈에 들어왔다. 창민 오빠가 선물한 다육이들이 그새 시들시들했다. 오빠가 알려 준 대로 햇볕도 쬐고 물도 줬는데 이상했다. 정성이 부족했던 건지 운이 없었던 건지, 역시 안 될 일은 안 되는 건가?

나는 아저씨도 엄마랑 같은 마음인지 궁금해서 톡을 보냈다.

- 아저씨, 이제 우리 엄마 안 만나요?
- 응. 그렇게 됐다.
- 약속했잖아요. 서약서에 지장도 찍고.
- 서약서?

아저씨는 까맣게 잊은 듯 되물었다가 금세 덧붙였다.

- 아, 고추장 서약서! ㅋㅋ

지금 비웃는 건가? 역시 고추장으로 지장을 찍는 게 아니었다.

- 좋은 사람인데 나랑은 인연이 아닌 것 같아.
- 만나다 정들면 인연이 되는 거 아녜요?
- 첫눈에 반한 사람하고도 헤어지는데 그렇지 않은 사람한테 정붙이기가 쉽나. 솔직히 경애 씨 만날 때마다 자꾸 창민 엄마 생각이 나. 창민 엄마가 참 지혜롭고 자상했거든. 같이 있으면 나까지 괜찮은

사람이 되는 것 같았지. 근데 경애 씨랑 있으면 내가 더 못난 사람이
되는 것 같아. 그런 기분 이해하겠니?

- 사람마다 성격이 다른데, 비교하지 마세요.

- 이 없으면 잇몸이라고, 나도 웬만하면 만나 보려고 했어.

이 없으면 잇몸이라고? 우리 엄마가 꿩 대신 닭이라는 거잖아! 엄마를 겨우 그 정도로 생각하다니, 나는 순간적으로 화가 치밀었다.

- 아저씨, 혹시 개 발에 편자라는 말 들어보셨어요?

- 응?

나는 아저씨가 대답할 틈을 주지 않고 연속으로 톡을 날렸다.

- 돼지 목에 진주 목걸이는요?

개똥은 비단 보자기에 싸도 개똥!

돼지우리에 주석 자물쇠!

개 발에 버선!

우리 엄마가 백배 천배 아까워요!

나는 다다다 쏘아붙이고 나서 카톡을 끝냈다. 속이 좀 후련했다.

자꾸 깨지는 날

쉬는 시간에 화장실에 갔다 나오는데 어디선가 낯익은 목소리가 들렸다.

"갖고 왔어?"

"응."

나는 소리가 나는 쪽으로 다가갔다. 복도가 꺾여지는 곳에 민우랑 미혜가 서 있었다. 둘 다 등을 돌리고 있어서 내가 다가가는 걸 눈치채지 못했다.

"너희들 여기서 뭐 해?"

내 목소리에 민우랑 미혜가 화들짝 놀라 돌아봤다. 그 순간 미혜의 손에 들린 깃털 펜이 보였다. 내가 민우에게 맹세의 증표로 선물한 해리포터 펜이었다!

“그걸 왜 네가 갖고 있어?”

미혜가 난처한 얼굴로 대답했다.

“사실은 내가 무선 이어폰이랑 바꾸자고 했어.”

그러고 보니 민우의 손에 이어폰이 들려 있었다. 민우가 머리를 긁적이며 말했다.

“미안. 이어폰이 없으니까 좀 불편하더라고. 서로 필요한 거로 교환한 거야.”

나는 기가 차서 물었다.

“그건 맹세의 증표잖아. 어떻게 남한테 줄 수 있어?”

“이깟 물건이 뭐가 중요해. 마음만 안 변하면 되지.”

“이깟 물건?”

“피곤하게 그런 일에 의미 부여하지 말자. 어차피 애들 장난이었잖아.”

“아, 넌 그게 장난이었구나!”

“침 뱉고 코끼리 자세 하는 게 장난 아니면 뭐야? 그렇게 심각하게 생각할 거 없어.”

민우가 달래듯 말했지만 나는 정말 실망스러웠다.

"그래, 다 관두자. 맹세니 선서니, 그런 유치한 일에 휘말린 내가 바보지."

나는 쌩하니 돌아서서 교실로 왔다. 그리고 가방에서 민우가 준 무선 이어폰을 꺼내 쓰레기통에 던져 버렸다. 나머지 시간 내내 교실에 앉아 있는 게 곤욕이었다. 맹세를 가볍게 여긴 민우도, 민우를 꾄 미혜도 보기 싫었다. 나는 수업이 끝나자마자 도망치듯 교실을 빠져나왔다.

바로 집으로 가기는 싫었다. 미혜랑 민우한테 계속 톡이 와서 휴대폰은 꺼 버렸다. 나는 무작정 거리를 쏘다니다가 괜히 옷 가게랑 화장품 가게를 기웃거렸다. 발밑에서 바싹 마른 낙엽들이 아무렇게나 굴러다녔다.

나는 우연히 버스정류장 앞을 지나다가 어디로 가는 버스인지도 모르면서 충동적으로 버스에 올랐다. 뒤늦게 이정표를 살펴보니 아빠가 사는 동네에 정차하는 버스였다. 그러고 보니 아빠를 본 지도 석 달이 넘었다. 이왕 이렇게 된 거 아빠 집에나 가 볼까? 늘 미리 약속하고 만났었는데 내가 갑자기 나타나면 어떤 표정을 지을까? 나는 휴대폰을 켜고 메모장을 살펴봤다. 예전에 아빠가 알려 준 집 주소가 입력돼 있었다.

나는 버스에서 내려 지도 앱이 알려 주는 대로 걸어갔다. 대로변을 따라 걷다가 편의점에서 꺾은 다음, 어느 골목으로 들어섰다. 골목 양쪽에 크고 작은 주택들이 늘어서 있었다. 아빠의 집이 가까워지자 슬슬 걱정이 됐다. 연락 없이 찾아왔다고 싫어하면 어떡하지? 얼마 후 나는 아담한 이층집 앞에 멈춰 섰다. 대문에 달린 문패를 보니 아빠 집이 틀림없었다. 나는 망설이다 초인종을 눌렀다. 아무 응답이 없었다. 다시 눌러도 마찬가지였다. 차라리 잘된 일인지도 모른다. 아빠를 만나 봐야 어색할 게 뻔했다. 집에 가려고 돌아섰는데 바로 뒤에 아빠랑 아줌마, 여섯 살쯤 된 여자애가 서 있었다. 아빠가 놀라서 물었다.

"은지야, 여긴 어쩐 일이야?"

나는 우물쭈물 대답했다.

"그냥 와 봤어요."

"갑자기? 집에 무슨 일 있니?"

그 순간 깨달았다. 아빠랑 나는 아무 때나 스스럼없이 만날 수 있는 사이가 아니라는 걸.

"아무 일 없어요. 그만 갈게요."

내가 가려는데 아줌마가 내 손을 잡았다.

"여기까지 왔는데 저녁 먹고 가. 아줌마가 맛있는 거 해 줄게."

그제야 아빠의 양손에 들린 장바구니가 보였다. 셋이 장을 보고 돌아오는 길인 듯했다. 나는 아줌마 손에 이끌려 대문 안으로 들어섰다. 아빠는 말없이 뒤를 따라왔다. 집에 들어가자는 소리는 아줌마가 아니라 아빠가 먼저 했어야 하는 거 아닌가. 별것도 아닌데 서운한 마음이 들었다.

꽃과 나무가 잘 가꿔진 정원은 아늑해 보였다. 잔디가 깔린 마당에는 그네도 있었다. 2층 창문에 달린 커튼이 바람에 흔들렸다. 저기가 꼬맹이의 방이겠지? 아빠의 집은 내가 꼭 살아 보고 싶은 그런 집이었다.

아빠는 아줌마랑 같이 저녁을 준비하느라 바빴다. 나는 어색하게 소파에 앉아 있었다. 꼬맹이는 텔레비전 가까이 앉아서 유아 프로그램에 푹 빠져 있었다. 나는 앞에 놓인 리모컨으로 슬쩍 채널을 바꿨다. 그랬더니 꼬맹이가 잽싸게 다가와 내 손에서 리모컨을 낚아채 채널을 돌렸다. 내가 쏘아보자 꼬맹이가 메롱 혓바닥을 내밀었다. 자기 집이라고 유세하는 거야 뭐야? 보통내기가 아니었다. 부엌에서 아줌마 목소리가 들렸다.

"가서 은지랑 얘기해요. 저녁은 나 혼자 준비해도 되니까요."

“모처럼 쉬는 날인데 혼자 집안일 하면 힘들잖아요.”

아빠랑 아줌마는 같이 카페를 운영한다고 했다. 오늘이 마침 쉬는 날인가 본데, 오랜만에 딸이 왔으니 저녁 준비쯤 빼먹어도 되지 않나. 엄마랑 살 때는 집안일에 손 하나 까딱 안 했으면서. 아줌마한테 꼬박꼬박 존댓말을 하는 것도 귀에 거슬렸다. 엄마한테는 언제나 반말이었다.

유아 프로그램이 끝나자 꼬맹이는 소파에 앉아 게임을 하기 시작했다. 새로 샀는지 레드와 블루가 섞인 게임기는 흠 하나 없이 깨끗했다. 탁자 위에 손때 묻은 구형 게임기가 놓여 있었다. 멀쩡한 걸 놔두고 또 사다니 낭비잖아. 당연히 내가 누려야 할 것을 꼬맹이한테 뺏긴 기분이 들었다. 달리 할 일도 없고 나는 구형 게임기를 집어 들었다. 그러자 꼬맹이가 게임기를 뺏으며 말했다.

“내 거야!”

“넌 그거 하면 되잖아.”

나는 다시 게임기를 빼앗았다.

“내 거라고!”

꼬맹이가 또 게임기를 움켜쥐기에 나는 질세라 힘껏 잡아당겼다. 게임기를 놓친 꼬맹이가 제풀에 뒤로 벌렁 자빠졌다. 그러곤 집 안이 떠나가라 큰소리로 울음을 터뜨렸다. 아빠가 다가와 꼬맹이를 일으켜 세웠다.

"왜 그래? 넘어졌어?"

"저 언니가 그랬어. 언니 나빠. 가라고 해!"

"우리 수정이, 화 많이 났구나. 언니가 실수로 그런 거니까 이해해야지."

'우리 수정이'라고? 아빠가 나한테도 '우리 은지'라고 다정하게 불러 준 적이 있었던가. 따지고 보면 아빠의 진짜 딸은 나다. 저 꼬맹이는 아줌마의 딸일 뿐이다. 그런데도 내 앞에서 아무렇지 않게 '우리 수정이'라고 하다니, 아빠 머리가 어떻게 된 모양이다. 아빠가 내게 말했다.

"은지야, 동생이니까 네가 좀 봐줘."

"동생? 얘가 왜 내 동생이야?"

나도 모르게 말투가 곱지 않게 나왔다. 아빠가 난감한 얼굴로 둘러댔다.

"너보다 한참 어리니까 동생이지."

"그런 뜻으로 한 말 아니잖아? 얘는 아줌마 딸이야. 아빠 딸은

나라고!”

아빠가 굳은 얼굴로 나를 쳐다봤다. 나는 아차 싶었지만 이미 엎질러진 물이었다.

“너, 이러려고 아빠 찾아왔어?”

“……갈게요. 가면 되잖아요.”

“은지야!”

아빠가 불렀지만 나는 뒤도 안 돌아보고 나왔다. 괜히 잘 사는 집에 와서 깽판을 놓은 기분이었다. 그냥 손님처럼 왔다가 손님처럼 가면 될 텐데……. 아빠한테 나를 좀 봐 달라고 떼쓰다가 거절당한 것처럼 자존심이 상했다. 나는 왜 엄마 아빠처럼 쿨하지 못한 걸까? 이런 내가 정말 싫다.

관심과 간섭 사이

집 근처 버스정류장에 내렸을 때는 사방이 어둑했다. 나는 심란한 마음을 달랠 겸 이리저리 돌아다녔다.

"허은지."

누군가 부르는 소리에 고개를 돌렸더니 바로 옆에 태성이가 서 있었다. 태성이가 내 얼굴을 살피고는 느리게 말했다.

"무슨…… 일 있어? 가출하기 딱 좋은 얼굴인데."

"신경 꺼."

그냥 지나치려는데 태성이가 비닐봉지를 들어 보였다.

"같이 저녁 먹을래? 바로 옆이 내 연습실이야."

"무슨 연습실?"

"가 보면 알아."

연습실이라니 호기심이 일었다. 무엇보다 저녁 먹자는 말을 듣고 나서야 아까부터 배가 고팠다는 걸 깨달았다. 아빠 집에서 저녁도 안 먹고 뛰쳐나왔으니 당연했다. 나는 태성이를 따라 근처에 있는 건물 지하로 내려갔다. 입구의 두툼한 방음문 위에 '뮤직 스튜디오'라는 문패가 보였다. 내부에는 여러 개의 방이 있었는데, 태성이는 그중 한 방으로 들어갔다. 작은 방 안에 신시사이저와 기타, 앰프, 보면대 등이 놓여 있었다.

"너, 음악 해?"

"응. 여기서 기타도 치고 노래도 불러. 아빠가 층간 소음 신경 쓰지 말고 연습하라고 얻어 줬어."

"음악은 언제부터 한 거야?"

"육 학년 때부터."

헐, 태성이한테 이런 모습이 있었다니! 내가 어리벙벙한 얼굴로 서 있는 동안, 태성이는 비닐봉지에서 삼각김밥, 빵, 우유 같은 걸 꺼내 작은 탁자에 늘어놓았다.

"원 플러스 원이라 양이 많았는데 마침 잘됐다. 먹자."

"응. 고마워."

나는 태성이랑 마주 앉아 간식을 먹었다.

“이따가 내가 만든 노래 들어 볼래?”

“작사 작곡도 해?”

“응. 하다 보니까 욕심이 나더라고.”

쓰레기를 정리한 후, 태성이는 기타를 치면서 자신이 만든 노래를 불렀다. 감미로움과 흥겨움이 적절히 섞인 발라드 곡이었다. 가사도 꽤 괜찮았다. 노래를 마친 태성이가 궁금한 듯 나를 쳐다봤다.

“어땠어?”

“정말 좋다. 너, 음악에 소질이 있는 거 같아.”

태성이가 쑥스러워하며 말했다.

“그 정도는 아닌데……. 가사는 어때? 생각보다 글 쓰는 게 어렵더라고.”

“꾸밈없이 솔직해서 좋던데.”

그제야 태성이가 안도한 듯 웃었다.

“그렇게 말해 주니까 힘이 난다. 고마워.”

“너 학교에서 볼 때랑 다른 것 같아. 말도 더 빠르고 생기 있어 보여.”

"여기서 거의 날밤을 새우고 나면 학교에서 맨정신으로 있을 수가 없어. 습관을 고쳐 보려고 했는데 안 되더라고."

교실에서 내내 자는 이유가 그거였구나. 그것도 모르고 태성이를 한심하게 생각했던 게 미안했다. 이래서 사람은 겉만 보고 판단하면 안 된다고 하나 보다.

태성이가 문득 생각난 듯 물었다.

"참, 우리 아빠랑 너희 엄마 이제 안 만나지?"

"응. 그런 것 같아."

"아쉽다. 잘 어울렸는데."

말은 그렇게 했지만 태성이의 태도는 무심해 보였다.

"넌 너희 아빠가 누굴 만나든 관심 없지?"

"아니, 늘 좋은 분 만나라고 비는데? 하지만 아빠 인생은 아빠 인생이고 내 인생은 내 인생이니까 웬만하면 서로 간섭하지 않으려고 해."

"넌 생각보다 쿨하다? 난 그게 잘 안 되던데."

"예전에 엄마 아빠가 같이 살 때 많이 싸웠거든. 그때마다 무섭고 불안했어. 부모님이 이혼할까 봐 겁도 나고. 근데 막상 이혼하고 나니까 집이 조용해서 살겠더라. 엄마 아빠 표정도 훨씬 편안해졌고. 그때 깨달았어. 가족이라고 꼭 같이 살아야 하는 건 아니구나. 아빠는 아빠대로, 나는 나대로 자기 인생이 있는 거니까. 관심은 갖되 간섭하지는 말자는 거지."

나는 연습실을 나오면서 생각했다. 내가 엄마 아빠의 인생에 지나치게 간섭하려고 했던 건 아닌지…….

자려고 누웠는데 노크 소리와 함께 엄마가 들어왔다.

"아빠한테 갔었다며?"

"응."

"아빠가 너한테 미안해하더라. 잘해 주고 싶은데 마음처럼 안 된다고. 엄마 아빠 때문에 우리 은지가 맘고생이 많네."

그건 사실이다. 엄마 아빠가 이혼을 안 했다면 내 인생도 훨씬 단순했을 것이다.

"그치만 어떡하니? 세상일이 내 뜻대로 안 되는걸."

나도 이제 조금은 알 것 같다. 엄마 아빠가 사랑에 빠진 것도, 헤어진 것도, 또 다른 누군가를 만나는 것도 계획대로 된 일은 아니라는 걸. 세상에는 우연과 변수가 너무 많다. 민우 일만 해도 그렇다.

"난 이제 맹세나 약속 같은 거 안 할 거야. 어차피 다 변할 텐데 뭐."

"구더기 무서워서 장도 안 담근다고? 그럼 맛있는 쌈장, 고추장은 어떻게 먹니? 엄마는 나중에 변하더라도 약속도 하고 맹세도 하고 사랑도 할 거야. 행복하게 살고 싶으니까."

엄마는 대책 없이 낙천적이다.

"너도 행복하게 살았으면 좋겠어. 의심하고 걱정하느라 시간 낭비하지 말고. 엄마가 우리 딸 사랑하는 거 알지? 그건 절대로 변하지 않아."

"으, 닭살!"

나는 민망해서 양손으로 팔뚝을 쓸어내렸다.

"어디, 닭살 한번 제대로 돋게 해 줘?"

엄마가 나를 끌어안더니 뽀뽀를 퍼부어 댔다.

"아, 하지 마. 징그러워!"

말은 그렇게 했지만 엄마 품은 역시 따뜻했다. 나도 엄마처럼 살 수 있을까? 믿고 또 믿고, 그렇게?

자정이 다 돼서 미혜한테 톡이 왔다. 엎드려 절하고, 손바닥으로 싹싹 빌고, 회초리로 때리고, 이모티콘들이 아주 가관이었다.

- 친구야, 미안해. 용서해 주라.

- ……

- 민우한테 깃털 펜 주는 거 보고 샘나서 그랬어. 내가 빌려 달랄 때는 생까더니 남친한테는 아낌없이 줬잖아.

- ……

- 아무리 그래도 내가 너무했지? 아까 저녁도 굶음. 용서해 줄 때까지 밥 안 먹을 거야.

그러고 나서 펑펑 우는 이모티콘, 배고픈 표정의 이모티콘이 차례로 떴다. 나는 잠깐 뜸을 들이다가 톡을 보냈다.

- 친구야, 밥 굶지 마라.

- 그럼 용서해 주는 거야?

- 너도 나 용서했잖아. 저녁 먹은 거 아니까 쇼하지 말고.

- 역시, 이심전심 ㅎㅎㅎ

나도 모르게 배시시 웃음이 났다. 단짝 친구를 다시 찾으니 마음이 든든했다.

언젠가는

엄마랑 언니가 가게 유리창을 닦다 말고 재잘댔다.

"엄마, 저 오빠 다리 엄청 길지? 청바지도 되게 잘 어울려."

"머리가 너무 길지 않니? 난 스포츠머리가 좋은데."

"무슨 말씀. 저렇게 적당히 곱슬곱슬하고 길어야 분위기가 있지. 피부도 참 좋다."

"침 닦아. 화장발이야."

"그게 보여?"

"잘 봐. 파운데이션이 떴잖아."

유리창 너머에 서 있는 청년은 자신을 두고 얼토당토않게 품평회가 벌어진 걸 알기나 할까? 나는 선반의 먼지를 닦다가 보다

못해 한마디 했다.

"왜들 그래? 철 좀 들어."

"엄만 기운 없어서 철 못 든다."

"나도!"

엄마랑 언니는 뭐가 그렇게 재밌는지 깔깔댔다. 나는 한심해서 고개를 절레절레 흔들었다. 정말 못 말리는 모녀다.

그때 가게 앞에 뽀얗게 먼지를 뒤집어쓰고 있는 차가 보였다.

"저거 빨간색 맞지? 점점 회색이 돼 가."

"그러네. 세차 좀 해야겠다."

엄마는 수납장에서 긴 호스를 꺼내 수도꼭지에 연결했다. 그리고 호스를 끌고 밖으로 나갔다.

"은지야, 물 틀어."

내가 수도꼭지를 틀자, 호스에서 나온 물이 자동차의 먼지를 씻어 내기 시작했다.

"찌든 때 좀 봐. 스펀지로 닦아야겠다."

나는 스펀지에 세제를 묻혀서 자동차를 싹싹 닦았다. 엄마가 물로 비누 거품을 깨끗하게 씻어 냈다. 본래의 색을 되찾은 차는 반짝반짝 빛났다. 내내 구경만 하던 언니가 구시렁댔다.

“이 차는 대체 바퀴가 왜 있는 거야? 어차피 맨날 서 있는데. 내비게이션도 필요 없잖아.”

엄마가 가만히 하늘을 올려다봤다.

“하늘이 뿌연 게 눈 올 거 같지 않니?”

나는 주위를 둘러봤다. 하늘뿐만 아니라 온 세상이 희뿌연 빛에 감싸여 있었다.

“올해는 첫눈이 빨리 오려나 봐.”

이제 올해도 얼마 안 남았다. 나이를 한 살 더 먹는다고 생각하니 마음이 싱숭생숭했다. 희뿌연 세상 너머에 무엇이 있을지 겁도 나고 설레기도 했다. 엄마가 얕게 한숨을 내쉬었다.

“차도 샀겠다, 바닷가에서 첫눈을 맞으려고 했는데…….”

“꿈 깨야지, 뭐.”

언니가 심드렁히 대꾸했다. 괜히 나까지 기운이 쭉 빠졌다. 엄마가 언니랑 나를 돌아보더니 대뜸 말했다.

“안 되겠다. 은정아, 은지야, 들어가서 짐 챙겨 갖고 나와.”

“짐?”

“어디 가게?”

“어디는 어디야? 바다지.”

언니가 미심쩍은 듯 물었다.

"운전할 수 있겠어? 바다까지 엄청 멀어."

"까짓 기어서라도 가지 뭐."

엄마는 차 트렁크를 열더니 스티커들을 꺼냈다. 익살맞은 그림과 함께 문구가 있는 스티커였다. 엄마가 회심의 미소를 지으며 말했다.

"드디어 이걸 쓸 때가 됐군. 이러면 양보해 주겠지."

엄마가 스티커 몇 개를 뒷유리에 붙였다.

먼저 가요. 이번 생은 틀렸어 ㅠ

답답하쥬? 난 울고 싶어유!

왜 계속 직진이여? 워메, 환장하것네!

언니가 영 내키지 않는 얼굴로 말했다.

"초보라고 더 무시할 거 같은데."

나도 마음이 안 놓이긴 마찬가지였다.

"그냥 버스나 열차 타자. 목숨 걸고 모험할 필요는 없잖아."

"멀쩡한 차 놔두고 웬 버스? 엄마만 믿으라니까."

그때 핑곗거리가 떠올랐다.

"학교는?"

"까짓 하루 제치지 뭐. 아니, 이왕 가는 거 며칠 신나게 놀고 오자. 좋지?"

학교를 제친다고? 나랑 언니는 동시에 눈을 마주쳤다. 그러곤 누가 먼저랄 것도 없이 와, 환호성을 지르며 집으로 뛰어 들어갔다.

우리 차가 고속도로로 들어섰다. 양옆으로 차들이 무서운 속도로 지나갔다. 뒤차들이 빠앙, 요란하게 클랙슨을 울렸다. 뒷자리에 앉은 언니랑 나는 조마조마해서 손을 꼭 잡았다. 엄마는 눈을 부릅뜬 채 앞만 보고 달렸다. 아니 기어갔다는 표현이 맞을 것이다. 이러다 사고라도 날까 봐 겁이 났다.

"엄마, 이제라도 돌아가면 안 돼?"

"못 돌려……."

"휴게소라도 들렀다 가든지."

"휴게소가 어딨어? 안 보여."

"그렇게 앞만 보니까 안 보이지."

"말 시키지 마……."

엄마가 애원하듯 말했다. 언니랑 나는 찍소리도 못하고 가만히 있었다.

사방이 온통 회색빛이었다. 눈앞에 고속도로는 영영 끝나지 않을 것 같았다. 그래도 이렇게 꾸역꾸역 가다 보면 푸르른 바다를 볼 수 있겠지? 하얀 파도와 갈매기가 우리를 반겨 주겠지? 끼룩끼룩 끼룩끼룩, 젠장. 지금은 비록 아무것도 안 보이지만, 언젠가는……. 그래, 언젠가는!

작가의 말

나는 '언젠가는'이라는 말이 좋다.

언젠가는 사랑이 이루어질 거야.

언젠가는 세계를 누비며 룰루랄라 여행을 할 거야.

언젠가는 꿈을 이룰 거야.

언젠가는 억만장자가 될 거야.

'언젠가는'이라는 말 속에는 희망이 있다. 지금은 비록 혼자라 외롭고, 시간과 돈이 없어 여행을 못 하고, 꿈을 향한 과정이 힘들고 막막하지만 언젠가는 그 모든 걸 이룰 날이 반드시, 기필코 올 것이다!

소설 속에 등장하는 엄마는 이혼의 아픔을 겪었지만 여전히 새로운 사랑을 꿈꾼다. 청소년기를 보내고 있는 주인공 은지와 미혜, 태성이에게도 각자의 꿈과 미래가 있다. 그리고 이 책을 읽는 독자들에게도 이루고픈 목표가 있을 것이다. 그러니 지금 힘들고 외롭더라도 좌절하지 않았으면 좋겠다.

왜 나만 힘들지, 왜 나만 가난하지, 왜 나만 외롭지, 불쑥불쑥 이런 생각이 들 때면 가까운 사람에게 마음을 터놓거나, 도움을 줄 만한 곳의 문을 두드려 보면 어떨까.

지금의 시련을 견디며 조금씩 앞으로 나아가다 보면, 언젠가는 지난 일을 돌아보며 '그땐 참 힘들었는데…….' 하고 생각하는 날이 올 것이다.

물론 그러기 위해서는 현재의 자리에서 할 수 있는 일을 해야 한다. 다이어트를 위해 밥의 양을 반만 줄이고, 근육남이 되기 위해 하루에 30분이라도 운동하고, 원하는 직업을 갖기 위해 꾸준히 공부하고, 멋진 사랑을 하기 위해 나 자신부터 열심히 가꾸고……. 그렇게 작은 것부터 하나하나 실천하다 보면 언젠가는 그렇게 돼 있는 자신을 발견할 것이다.

언젠가는! 지금 전쟁이 벌어지고 있는 곳에 평화가 깃들기를 빈다.

언젠가는! 전염병을 극복해 자유롭게 생활할 수 있기를 빈다.

사람은 한평생 꿈을 꾸는 존재인지, 나는 여전히 '언젠가는'을 꿈꾼다.

2022년 봄

김해우 작가